KB119849

별일이 생기면 그냥 생기는 거야.

차현지

다다른 날들

다다른 날들

차현지

위즈덤하우스

차례

오래전부터 준이는 엄마가 꾸었던 꿈에
대해 들어왔다. 엄마 말로는 선몽이라고
했다. 꼭 길몽도 아니고, 그렇다고 악몽도
아니었다. 하천을 따라 물 위를 둥둥 떠다니는
복숭아나 아무도 걷지 않은 하얀 눈밭에
우두커니 서 있는 노루라든가, 높아질수록
점점 뾰족해지는 소나무를 매섭게 올라타는
호랑이와 같은, 누가 들어도 의미심장하게
느껴지는 이미지들이 나오는 것도 아니었다.
남들이 들으면 별스럽게 생각지 않을, 실은

별것 아닌 장면에 더 가까웠다. 그러나 그 꿈속에 깊이 머물다가 깨고 나면 잠기운에서 벗어날 새도 없이 무슨 일이 생기겠구나 하는 기분에 덜컥 사로잡히게 된다고 했다. 아닌 게 아니라 그러한 꿈을 꾸고 나면 엄마에게, 혹은 엄마를 둘러싸고 있는 주변인들에게 무슨 일이 벌어지곤 했다. 대체로 좋지 못한 일들이었다.

　　엄마는 꿈을 꾸고 나서도 한동안 혼자서만 알고 있었다. 괜히 남들과 꿈 얘기를 나누었다가 정말로 좋지 않은 일들이 벌어질 것만 같아서. 그럼에도 준이는 엄마가 꾸었던 꿈을 대부분 알고 있었다. 이미 일이 다 벌어진 뒤에야 듣게 된 적도 있었지만, 준이가 크고 나서는 어떤 일이 일어나기도 전에 엄마를 통해 먼저 그 일을 미루어 짐작하게 되는 경우가 더 많았다. 엄마가 예감하는 일들, 그로 인해 엄마가 품게 되는 감정을 준이는 가장 먼저 알 수 있었다.

준이는 엄마처럼 선몽을 꿔본 적은 없었지만, 꿈을 꾸고 난 뒤 엄마가 어떤 기분에 사로잡힐지는 대강 어림할 수 있었다. 꿈이 아니어도 일상에서 준이는 자못 심상한 장면들을 마주하곤 했는데, 남들이 보았다면 그냥 지나쳤을 만한 것들이었겠지만, 준이에게만큼은 이상하게 보이는 장면들이었다. 이를테면 사시사철 늘 비슷한 시간에 짙은 고동색 모피 조끼를 걸친 채 마을버스 정류장 근처를 배회하던 여자라든가, 바람에 날아가지 않고 유독 한곳에서만 떠 있는 검은 비닐봉지와 같은. 만일 누군가와 함께 있다가 그런 장면을 마주하게 되더라도, 그 순간을 포착해 눈여겨보는 건 준이뿐이었다.

죽은 새를 밟았던 그날도 그랬다.

그믐달이 뜨던 밤, 두부를 사러 마트를 다녀오는 길에 준이는 죽은 새를 밟았다. 후미져 빛이 들지 않는 곳도 아니었고, 핸드폰 화면에 집중하고 있던 것도 아니었다. 그저 밤하늘을 올려다보고 있었을 뿐이었다. 달이 너무 얇다. 너무 얇아서 달이 있는 줄도 모르겠다. 그런 생각을 하면서. 그러다가 갑자기 대로변에서 토레스 신형 한 대가 우회전하며 골목 안쪽으로 다급하게 들어섰고, 기척에 놀란 준이가 차를 피해 몸을 틀며 오른발을 내딛던 그때, 어쩐지 물컹한 느낌이 슬리퍼 밑으로 전해졌다. 아스팔트 표면처럼 딱딱하지도, 빙판길처럼 미끄럽지도 않은 촉감. 준이가 황급하게 발을 떼자, 반대쪽으로 몸이 기울면서 엎어질 뻔했으나 몇 번 앙감질을 하다가는 가까스로 멈추었다.

이미 죽어 있었나. 아니면 내가 죽인 건가. 준이는 자신이 밟은 곳을 한참 못 벗어나고 있다가, 그 새가 이미 죽은 사체였다는 잠정적인 결론을 내리고 나서야 자리를 뜰 수 있었다.

늦은 밤 귀가한 선우가 택시 대신 심야 버스를 타고 왔다며 준이에게 잘했지? 하고 물어왔다. 평소라면 건성으로라도 어어, 잘했어, 하고 답했을 준이였지만, 왜인지 그 말이 쉽게 나오지 않았다. 왜 그걸 내가 칭찬해야 해? 준이는 조금은 사나운 감정이 들었다. 삼십 분이면 올 거리를 한 시간 이십 분이 걸려 돌아왔다는 선우에게 그런 소소한 절약은 우리에게 필요하다고, 정말 잘했다고 말해줄 수도 있었다. 두 사람의 먼 미래를 위해서, 아주 긴 계획을 함께하는 상대를 위해서라면 그 정도는 해줄 수 있었다. 팀워크를 북돋기 위해 하는 말 같은 것. 그러나 준이는 대답하지 않았다. 대신 그날 저녁에 겪은 일을 말했다. 죽은 새를 밟았다고. 실은 이미 죽어 있던 새를 밟은 건지, 밟고 난 뒤에 숨을 거둔 건지 잘 모르겠다고.

　밟아서 죽은 거면 어쩌지. 내가 죽인 거면 어떡해.

　뭘 어떡하겠어. 피차 죽은 건 똑같은데. 선우는 짧게 한숨을 내쉬며 준이에게 새가 있는 장소를 묻더니 밖으로 나갔다. 뒤따라 나간 준이가 그 길 아니야 이쪽으로, 하며 선우를 불렀다. 사체는 아직 그곳 그대로 있었다. 선우는 사체의 사진을 몇 장 찍어 민원을 넣었다. 집으로 돌아온 뒤 얼마 안 있어 동물 사체 회수 기동반으로부터 유기 동물 관련 민원이 접수되었고 곧

처리하겠다는 회신이 왔다. 선우는 이제 됐지?
하며 곧장 욕실로 들어가려 했다.

선우야, 잠깐만.

일단 씻고.

아니. 지금 말해야겠어.

욕실 문이 닫히고 나서도 준이는 한참
욕실 앞에 서서 문을 두드리며 말했다. 나는
당장 얘길 해야겠다고. 그러나 물줄기 소리는
그치지 않았다. 샤워를 다 마치고 나서야
선우가 욕실 문을 열고 나왔다. 순식간에
훈김이 퍼져 나왔다. 준이는 창가에 서서 창
너머로 사체가 있던 쪽을 바라보고 있었다.

이제 얘기해.

그날 두 사람은 잠시 헤어져 있기로
했다. 어느덧 창밖에는 눈이 내리고 있었다.
날이 조금씩 밝아질 때쯤 준이가 밖을
내다보았으나, 아무것도 보이지 않았다. 마치

그런 일이 벌어진 적 없었다는 듯 그 자리는
새하얀 눈으로 덮여 있었다.

❖

　다행인 건지 그래도 방이 남네.
　침대 시트를 새로 깔며 엄마는 말했다.
준이는 아버지가 썼던 방 한쪽에 자신이
끌고 온 28인치 대형 캐리어와 보스턴백을
내려두고 앉았다. 엄마는 장롱에 오래
있어서 그런지 이불에서 퀴퀴한 냄새가 나는
것 같다고 하더니, 아무래도 세탁을 다시
해야겠다며 꺼내 온 이불을 다용도실로
가져갔다. 굳이 안 그래도 되는데, 하면서도
준이는 이미 바쁘게 움직이고 있는 엄마를
저지하지 않았다. 대신 오랜만에 들어와본
아버지의 방을 천천히 둘러보았다. 엄마의

성격상 방 주인이 없어도 먼지 하나 없이
깔끔할 줄 알았는데 책상 위가 제법 산만했다.
검진 날짜가 적힌 병원 안내문이 책상
앞 벽에 한 장씩 압정으로 꽂혀 있었다.
기한이 다 지난 것들인데 왜 안 버리고 계속
붙여두었을까 싶었다.

    10:40 혈액내과

    14:20 내분비내과

    16:40 안과

    * 당류 제한 지키기(빠리바게트 반드시 그냥

    지나칠 것)

    자세히 들여다보니 익숙한 필체였다.
안내문 여백에는 치료 계획이나 통원 일정과
같은 아버지가 손수 적은 메모들이 작은
글씨로 수놓아져 있었다.

아버지는 5년 전, 혈액암 판정을 받고 작년 봄에 돌아가셨다. 투병 중 계속된 항암 치료로 인해 염증이 심해지거나 장기들이 제 기능을 못하게 되면서 차츰 더 안 좋아진 것도 있었지만, 무엇보다 아버지를 힘들게 한 것은 극심한 식욕부진이었다. 돼지고기가 들어간 음식이라면 무엇이든 잘 먹던 아버지는 언젠가부터 밥보다는 달달한 사탕이나 젤리만을 찾았고, 뉴 케어나 그린비아 따위의 메디 푸드를 마시는 걸로 식사를 대신했다. 그마저도 한 팩을 한 번에 다 못 먹고 나누어 마시다가 남기곤 했다. 늘 씹어 삼키던 음식이 역했고 조금이라도 간이 세면 금세 질려버렸다.

평생 반찬 투정 한번 해본 적 없는 남편이었으니, 투병 생활이 이어질수록 환자인 아버지만큼 간병인인 엄마의

피로감도 점차 누적되었다. 환자의 입맛에
맞는 음식을 만들어야 한다는 압박감에
엄마는 원형탈모증이 생기기도 했다.
아버지의 통증이 심해져 더 이상 통원 치료가
불가하다는 판정을 받고 재입원을 하게 됐을
때, 엄마는 그래도 병원에서는 끼니마다 매번
반찬 구성이 달라지는 식사를 주니 한시름
났다며 농담하듯 말했다. 가족들은 아무도
웃지 않았지만 준이는 엄마가 그간의 수고를
조금은 덜 수 있게 된 것 같아 다행이라
여겼다.

　　준이의 방은 준이가 나가 살기 시작하고
얼마 지나지 않아 허물어졌다. 방 벽을
트면서 자연스럽게 부엌과 맞닿게 된 안쪽
공간에는 빌트인 식으로 스탠드형 냉장고와
김치냉장고가 들어섰고, 중앙에는 상판을

대리석으로 마감한 8인용 원목 식탁이 놓였다. 엄마는 장독대형 김치냉장고가 부엌과 안방을 잇는 통로 한쪽을 전부 차지하고 있었던 것이 늘 불만이었다. 부엌을 차지하고 있는 냉장고를 한쪽으로 몰아넣고 디귿 자 모양으로 싱크대와 연결된 아일랜드 공간을 제대로 활용하고 싶어 했다.

제대로 된 음식이 차려진 제대로 된 식사 공간. 준이가 선우와 함께 살기로 하기 전부터 엄마는 준이에게 말하곤 했다. 준이가 나가면 방을 터서 부엌살림을 전부 옮겨놓을 거라고. 영양제며 약통, 기한이 지난 카드 명세서를 포함한 온갖 잡동사니가 올라가 있는 어지러운 식탁은 싹 밀어버리고 근사한 다이닝 룸을 만들 거라고. 고성에 사는 동생 부부와 조카, 그리고 준이와 선우까지 8인용 원목 식탁에 빼곡히 둘러앉아 있는 모습을 상상했던 걸까. 농담이었지만 엄마는 이런 말도 했다. 그러니 반품은 사양한다. 알겠지, 선우야? 선우는 웃으며 그럴 리 없을 거라고 반드시 책임지겠다는 선언 아닌 선언을 했고, 방을 트는 공사가 시작될 즈음 엄마의 집에 4도어로 된 최신식 스탠드형 냉장고와 김치냉장고를 보냈다. 준이와 상의 끝에 보낸 선물이었고 준이도 냉장고 금액의 절반을 보태었다.

준이는 둥그런 곡선으로 매끄럽게 마감된 다이닝 룸의 입구를 멀거니 처다보았다. 그래서 저 식탁에 온 가족이 다 같이 모여 저녁 식사를 한 적이 언제였더라. 기억이 잘 나질 않았다. 있다 한들 근래의 일은 아니었다. 엄마는 매일 저 기다란 식탁에 앉아 홀로 밥을 차려 먹을 것이었다.

연휴 지나고 어디라도 간다고 하지
않았니?

엄마가 냉장고에서 포도 두 송이를
꺼내며 말했다.

푸꾸옥. 준이가 대답했다.

베트남 거기, 지난번에 갔었지 않아?

그냥 갔던 데 가기로 했어.

기념일이라며. 더 알아보고 좋은 데로
가지.

거기도 나쁘지 않아.

벌써부터 익숙한 데만 찾아다니는 게
뭐가 안 나빠.

엄마는 과일 전용 스테인리스 볼에
물을 담고 식초를 서너 방울 떨어트리고는
손가락으로 휘휘 젓고 나서 포도 두 송이를
담갔다. 그 모습을 보고 있던 준이는 얼마
전, 자신도 꼭 저런 모습으로 포도를 씻은

것이 떠올랐다. 아주 오래전부터 준이의
눈에 익고 몸에 익어버린 엄마의 방식.
지극히 소소하지만 꼭 지켜야 하는 생활의
작은 질서들은 대부분 엄마에게서 전해져온
것이었다.

　　준이와 엄마는 포도를 가운데 둔 채
식탁에 마주 보고 앉았다. 올해 포도가
달고 맛있다며 엄마는 껍질도 벗기지 않고
포도를 통째로 물었다. 준이는 포도는 보는
둥 마는 둥 하고는 고갤 숙인 채 엄마의 말을
기다렸다. 뭘 어쨌길래 평일 오전부터 짐을
다 싸 들고 온 건지, 싸운 게 아니라 아예
끝장이라도 본 건 아닌지, 도대체 무슨 일
때문에 이렇게까지 됐는지……

　　구정 지나 들어갈 셈이면 그렇게 하고.
근데 너넨 식도 안 올렸는데 기념일은 어떻게
세냐. 전입 신고한 날짜로 치는 거야?

엄마는 포도를 한 알씩 준이의 입에
넣어주었다. 한사코 안 먹겠다는 준이의
입안에 포도가 들어찼다. 엄마는 인제에 사는
진숙 언니가 작년 봄에 캤던 쑥이며 산나물을
한데 얼려두었다가 냉동 박스로 보냈다면서
저녁에는 나물 전을 해 먹자고 말했다. 준이는
포도를 천천히 씹었다. 그러다가는 왜 안
놀라? 하고 물었다.

놀랄 게 뭐 있어. 엄마는 무심하게 답했다.

안 궁금해?

뭐가 궁금해.

그러자 준이는 다시 엄마에게 또 뭐 꿨지?
하고 물었고,

엄마는 다시 인제에 사는 진숙 언니
얘기로 말을 돌렸다.

꾼 거 맞네.

별로 말하고 싶지 않아.

그러나 준이는 조만간 엄마가 꾼 꿈
이야기를 들려줄 것이라 예감했다. 선우와의
헤어짐을 예견한 꿈이었을까? 얼린 나물을
미리 꺼내놓아야겠다며 부엌을 오가는 엄마의
뒷모습을 가만히 보던 준이는 엄마가 꿈을 꾼
것이라면 더없이 확실해진 것이 아닌가 하는
생각에 잠겼다. 어쩌면 정말로 헤어질 수도
있겠어. 준이는 그제야 조금 실감이 나는 것
같았다.

❖

준이가 엄마 집에 온 지도 어느덧 보름이
지났다. 그 보름 동안 선우에게서는 연락이
오지 않았다. 대신 외할머니의 부음이
전해졌다. 구정 당일을 하루 앞둔 연휴
첫날이었다.

준이는 지도 앱을 켜고 목적지를 입력했다. 막히지 않는단 전제하에 순천까지는 다섯 시간 이십오 분. 당장 출발하지 않으면 시간이 배로 늘어날 것이었다. 준이는 고속버스 좌석이 있는지 알아보았으나 명절 연휴에 여석이 있을 리 만무했다. 비행기를 타고 여수까지 가는 방법도 있었지만, 그건 그거대로 번거로웠다. 아버지의 구형 세단을 몰아본 건 서너 번이 전부였고, 운전을 하더라도 차체가 높은 선우의 SUV가 더 익숙했다. 엄마도 면허가 있긴 하지만 언젠가 종로 시내 쪽에서 오토바이와 경미한 접촉 사고가 난 뒤로 웬만하면 운전은 늘 아버지의 몫이었다.

먼저 시동 걸어놓고 있을 테니까, 좀 이따 나와.

준이가 먼저 집 문을 나서며 말했다.

엄마는 안방의 조그마한 화장실에 쪼그려
앉아 헤어드라이어로 바닥 타일을 말리고
있었다. 적어도 나흘은 집을 비울 텐데 때마다
환기를 해주지 않으면 곰팡이가 슬지도
모른다며 나가기 전에 최대한 물기를 없애야
한다고 했다. 문을 열고 가면 되지 않겠냐는
말에 오래 집을 비울 땐 언제나 화장실 문을
닫고 다녀야 한다고도 말했다. 그래야 복이
새어 나가지 않는다고. 준이는 잠자코 엄마의
행위를 일종의 의식인 양 받아들이기로 했다.

아파트 단지 내 가장 외진 주차 구역
한쪽에 아버지의 차가 보였다. 마지막 주행이
언제였으려나. 차 시동을 켜고 엔진 소리를
유심히 살폈다. 장거리 운전은 처음이었다.
명절 귀성길 행렬에 동참하여 운전대를
잡아본 일은 더더욱 없었다. 준이는 벌써부터
뒷목이 뻐근하게 느껴졌다.

동서울 톨게이트를 지나 중부고속도로로 진입할 때까지 엄마는 통화를 하느라 정신이 없었다. 단톡방을 통해 부고 소식을 알게 된 엄마의 초중고 동창들에게서도, 엄마의 옛 일터였던 동대문 상인 모임 사람들에게서도 끊임없이 전화가 왔다. 동창 산악회를 비롯해 각종 모임의 총무를 도맡고 온갖 경조사에는 빠짐없이 참석하는 엄마였기에 빗발치는 연락이 그리 새삼스러운 일은 아니었다.

할머니는 음식물이 기도로 잘못 들어가는 바람에 병원 신세를 지게 되었고, 얼마 안 있어 순천에 있는 작은 요양 병원으로 옮겨졌다. 당뇨와 알츠하이머 증세가 조금씩 진행되고는 있었지만 그리 심한 상태는 아니었다. 혼자서도 가까운 마실 정도는 직접 걸어 다니셨고, 주간보호센터에서 만나는 동네 어르신들과도 일상적인 소통이

가능했기에 가족들은 입원 후에 할머니의 병세가 급격히 안 좋아진 것이 의아하기만 했다. 감염병의 사망자 수가 최고치를 찍었던 시기였기에 접촉 면회는 전부 철회됐고 보호자의 상주도 금지되었다. 엄마와 남매들은 각자 요일을 정해서 간호사실에 전화를 걸어 할머니의 상태를 확인했고, 병원에서 지정한 상주 간병인이 틈틈이 할머니의 사진을 찍어 보내왔다.

할머니가 입원해 있는 동안 엄마와 남매들은 마음의 준비를 하라는 의사의 소견을 다소 여러 번 들을 수 있었다. 이번 주를 못 넘길 것 같다고, 오늘 밤이 고비일 것 같다고도. 할머니의 위급한 순간들은 꽤 자주 찾아오고 또 지나갔다. 곱게 갠 흰죽도 넘기기가 힘들어 수액 영양제로 버티는 시간이 점점 길어졌다. 날이 갈수록 사진 속

할머니는 뼈만 남은 듯 앙상해졌고, 링거액이 투여되는 주삿바늘이 꽂힌 손등 부근만이 부자연스럽게 부어올라 있었다.

가족 단톡방에 공유되는 사진으로밖에 할머니의 모습을 볼 수 없다는 것이 통탄스러웠지만, 엄마 역시 내내 아버지의 곁을 지키고 있던 터였다. 엄마의 남매들도 처지는 비슷했다. 큰삼촌의 아내는 유방암 판정을 받고 항암 치료를 하던 중 자궁 쪽으로도 전이가 되어 얼마 전 수술을 했고, 큰이모의 남편도 급성 심근경색으로 쓰러져 스텐트 시술을 받은 뒤로 왜인지 모르게 몸 이곳저곳 병세가 드러나기 시작했다. 한 군데 치료를 끝내면 뒤이어 다른 곳에 증상이 발생하면서 줄곧 병원 신세를 지게 되었는데, 자신이 노쇠해짐을 느끼는 정도에 비례하여 억울함과 짜증, 칭얼거림을 고스란히

상대에게 전이시키는 통에 큰이모 역시
간병으로 지칠 대로 지친 상태였다. 남편과
헤어지고 나서 혼자 두 아이를 키운 싱글
맘이었던 막내이모는 군 제대를 한 둘째가 첫
직장에 들어가고 얼마 안 되어 서울살이를
청산하고 홀로 제주에 내려갔다. 아는 언니
집에 묵으면서 철마다 인근 농지에 일손을
보태며 생활을 지속했다. 큰이모와 엄마는
자주 전화를 해 안부를 물었으나 실은 걱정이
된다는 명목하에 잔소리만 심해질 뿐이었다.
더는 보호자 역할 자처하며 살고 싶지
않아. 지금 너무 좋아. 막내이모의 답변은
한결같았고, 목소리를 듣고 있자면 정말
후련해 보였다.

　　이렇게 둘이 내려가는 건 정말
오랜만이네, 그치.

엄마가 멀미약을 사탕처럼 녹여 먹으며
말했다.

그런가. 곰곰이 생각해보니 십수 년 전,
딱 한 번 엄마와 단둘이 고흥에 다녀온 적이
있었다. 휴학생이던 준이가 극장과 카페
아르바이트를 하며 진로를 고민하던 시기,
마침 엄마가 동대문에서 하던 도매 일을
관두고 청평화시장으로 옮기네 마네 하며
얼마간 일을 쉬고 있을 때였다. 서로 터놓고
말은 안 했지만, 엄마도 준이도 뭐 해 먹고
살아야 되나, 하는 답도 없는 고민에 깊게
빠져 있었고, 종일 끙끙대다가 초저녁이
되면 에라 모르겠다 하고 막걸리나 병맥주를
마시지 않겠냐며 서로를 유혹해 밤마다
술판을 벌이던 시절. 그러다가 갑작스레 가게
된 여행이었다.

고흥에는 작은 섬들이 많았다. 여름방학

때마다 할머니 댁을 찾았지만 주변 섬들에
가본 기억은 없었다. 그래서 준이는 엄마와
함께 섬을 한 곳씩 방문하기로 했다. 쑥섬,
거금도, 외나로도, 우도, 소록도. 새로 대교를
지어 육로가 생긴 곳들도 있었고, 통통배를
타고 들어가야만 하는 조그마한 섬도 있었다.
엄마는 어릴 적 소풍 삼아 이웃 섬에 갔던
기억을 하나둘 떠올렸고, 그때와 변함없거나
혹은 조금은 달라진 것들을 숨은그림찾기
하듯 발견하고는 준이에게 말해주곤 했다.
마을에서 가장 컸던 저수지, 이제는 사용하지
않는 옛 우물 터, 커다란 감나무를 사이에
둔 채 떨어진 감을 서로 갖겠다며 다투던
이웃집 아이들. 한센병 환자들이 머무는
시설을 감싸고 있던 말끔하게 정돈된 일본식
정원과는 달리, 그 어떤 통제도 없이 하늘로
높게 치솟은 해송들이 빼곡했던 소록도의

해변까지. 엄마의 눈앞에 펼쳐진 풍경마다
곳곳이 유년의 기억으로 가득했다.

그제야 조금 쉬려는 듯 엄마가 의자를
뒤로 젖혔다. 그러면서도 초행길 운전에
긴장하고 있는 준이를 살폈다. 목마를 텐데
물도 안 싸 왔다며 다음 휴게소가 나오면
들르자고 했다. 근교로 드라이브를 갈 때면
차에서 먹을 주전부리를 챙기고 보온병에
커피까지 타 오는 엄마였지만, 반나절이 넘게
걸리는 장거리를 움직인다 해도 이번만큼은
사과 한 알 깎지 않았다.

❖

처음 병원에서 연락이 왔을 때, 엄마는
할머니의 사진을 영정 사진 크기로
출력해 액자에 걸어두었다. 막내이모를

보러 할머니와 함께 제주에 갔을 때 찍은
사진이었다. 노랗게 만발한 유채꽃들 사이에
할머니를 홀로 세운 엄마는 갓난아이를
어르듯 여기 봐, 여기 봐, 하며 자장궂게
불러대고는 웃음을 유도했다. 그 덕에 사진 속
할머니는 여느 때보다도 활짝 웃고 있었다.

　　자매들이 사는 곳으로 할머니가 오거나
자매들이 자신의 남편과 자식들을 대동해
고향집에 내려가던 것 말고, 할머니와
자매들이 여행다운 여행을 간 것은 그때가
처음이었다. 큰이모는 국민학교를 졸업하고
얼마 안 되어 공장에 나가기 시작했고, 엄마는
고등학교 때부터 광주로 유학을 떠나 고모
댁에서 하숙하다가 졸업과 동시에 상경했다.
막내이모는 엄마가 움직이는 대로 서울
곳곳을 뒤따랐다. 어느덧 선산이 보이는
고향집에서 할머니와 같이 살았던 시간보다

따로 떨어져 산 시간이 더 길어졌다. 엄마의
나이는 예순넷, 할머니와는 고작 16년을
살았다.

언젠가 엄마는 어릴 적에 할머니와 같은
방에 누워 한 이불을 덮고 자본 적이 없다는
걸 떠올리고는 새삼 분한 마음이 들었다고
했다. 늦여름 장마철이었다. 만삭인 엄마가
가제 수건이며 분유 통을 빨고 씻느라
금방이라도 탈진할 만큼 땀이 뻘뻘 나던
날이었다. 쏟아지는 폭우에 벽지와 장판이 다
들떠 그 틈으로 습기가 가득 찼다. 천장에선
빗물이 자꾸 떨어져 연신 방바닥을 닦고
있던 와중에 잠에서 깬 준이가 칭얼거리며
울음을 멈추지 않던 그때, 제 소리에 놀라
딸꾹질을 하면서도 뭐가 마음에 안 드는지
끝까지 울어대는 준이를 넋 놓고 쳐다보다가,
엄마는 무언가가 울컥 사무쳤다고 했다. 죽을

것처럼 힘들고 다 내팽개치고 싶어도, 그래도
곧 죽어도 내 거여서 쥐고 만지고 안고 싶은
게 자식인데, 어쩜 우리 엄마는 나를 품에
두고 재워준 적이 없었는지. 어째서 이마 한번
쓸어주고 무릎도 털어주고 볼 한번 만져준
적이 없었던 건지. 그날 엄마는 준이보다 더
큰 소리를 내며 울었다고 했다. 준이가 울음을
그치고도 한참이나 더 오래.

　젊었을 때니까 미울 것도 많았던 거지.
미울 일도 아니었는데.

　그럼에도 엄마는 이런 식으로 마무리하곤
했다. 그런 마음을 품는다는 것 자체가
어리고 어리석은 생각이었다고. 모든 게
부족하고 어렵기만 한 시절이었음을 강조하듯
운운했다. 어쩌다 생겼으니까 낳았고 다들
그렇게 사나 보다 했던 거지, 요즘처럼
부모 되는 것도 전문 자격증 따듯 공부해야

하는 거라고는 차마 생각하지 못했던
시절이었다고도.

그건 엄마도 마찬가지였다.

엄마의 결혼식 당일, 웨딩 스냅에는
찍히지 않았지만 준이는 이모들 품에
돌아가며 안겨 있었다. 결혼식 영상에서는
준이의 모습이 스치듯 보였는데, 식이
시작되기 전 혼주석에서 하객들에게 인사를
하고 있던 아버지가 누군가의 등에 업혀
있는 준이를 발견하고는 함박웃음을 지으며
안으려고 하자, 조모가 아버지의 팔을 잡고
지그시 내리는 장면이 잠깐 나왔다고 했다.
아직 식도 안 올렸는데 괜한 소문이라도
날까 봐 황급히 아버지 곁에서 준이를
떼어놓았다고.

엄마는 결혼 전에 준이가 태어났다는

것을 준이가 성인이 되고도 한참이
지나서야 알려주었고, 결혼식 영상에
준이가 등장한다는 사실은 그보다도 나중에
알려주었다. 선우와 함께 살기로 한 뒤,
늦은 밤까지 복분자주를 진탕 마시다가
나온 말이었다. 준이는 그 사실을 뒤늦게야
공식적으로 알게 된 것보다 왜 엄마가 그
사실을 오랜 시간 비밀에 부치려 했는지가
더 의아했다. 이미 눈치로 알고 있었으니까.
아버지와 크게 다툼이 있던 날이면 엄마가
준이를 볼모 삼아 했던 말들이 있었고, 그
말들을 조합해보면 굳이 알려주지 않아도,
그리고 알고 싶지 않았어도, 결국에는 알
수밖에 없었다. 어린 준이가 듣기에는
무서운 말들. 덕분에, 와 때문에, 의 뉘앙스는
무척이나 달랐고, 그 차이쯤은 작고 어렸던
준이도 충분히 파악할 수 있었다. 정확하진

않지만 확실한 것은 엄마의 말대로 준이가

생겼다는 이유로 가정을 꾸리기로 했다는

것. 미래를 함께 도모하는 데 있어 장기적인

계획을 세운 것도 아니었고, 상대의 조건을

합리적으로 따져보지도 않고 떠밀리듯 하게

된 결혼이라는 것. 물론 서로를 향한 힐난과

질타가 담겨 더 공격적인 어조였겠으나,

엄마의 자책과 책망이 묻은 말들은 아버지가

아닌, 준이에게 더 깊숙이 도달했다.

   우리 딸은 똑똑하니까 나보단 잘 살 거야.

   6년째 결혼을 유보한 채 동거 중인

준이에게 엄마는 걱정 섞인 잔소리 한번 하지

않았다. 대신 이렇게 말하곤 했다. 그게 더

부담을 주는 건 줄도 모르고. 아니 어쩌면

알면서도 해버리는 것일 수도 있었다. 후회

없이 네 직성대로 살라는 말을 입버릇처럼

하던 엄마였다. 미련하게 버티며 살진

말라고도. 마치 엄마가 자기 자신에게 하는 말
같았다.

준이는 만일 자신이 생기지 않았다면
엄마가 또 다른 선택과 결정을 할 수 있었을
거라 생각했다. 엄마의 인생에 더 나은 옵션이
있었을지 모른다는 가능성도. 그래서였을까.
엄마가 아버지와 헤어지기로 했을 때, 준이는
묵묵히 받아들였다.

❖

장례식장은 예상대로 한산했다. 먼저
도착한 친지들이 타지에 사는 상주 대신
자리를 지키며 얼마 안 되는 조문객을
맞이했다. 늦은 저녁 즈음이 되어서야
남매들도 하나둘 도착했는데, 온종일 차에
머물렀던 탓인지 다들 피곤한 기색이

역력했다. 엄마가 상복으로 갈아입으러
간 사이, 준이는 큰이모를 따라 오랜만에
마주한 친척들에게 인사를 했다. 익숙지
않은 얼굴들도 보였는데, 할머니의 외가
친척들이라고 했다. 그중에서도 할머니와
가깝게 지내던 외사촌이자, 준이에게는
당이모할머니뻘인 녹동 이모—엄마가
그렇게 불렀다—는 연주 큰딸이 벌써 이렇게
컸냐면서 준이의 손을 연신 쓰다듬었다.
나중에 엄마에게 들어보니 아마도 외증조부의
장례식 때 뵈었을 거라고 했다. 30년 전,
준이가 아직 초등학교에 입학하기도 전의
일이었다.

　　명절이 낀 탓에 장례는 특별히 나흘간
치르기로 했다. 들어보니 구정 당일엔
화장장도 쉰다고 했다. 그날은 가까이 사는
친인척 몇몇만이 제사도 무른 채 삼삼오오

모여 앉아 테이블마다 깔아둔 식은 전과
홍어를 안주 삼아 종일 술을 마셨다.

근데 이모부, 술 마시면 안 되는 거 아냐?

거나하게 취해 얼굴이 달아오른 이모부를
보다 말고 준이가 속삭였다. 큰이모가
그 옆에서 널브러진 막걸리 병을 일일이
정리하고 있었다.

웬걸, 병자는 저 양반이 아니라 이모 같지
않니? 갈수록 살이 쭉쭉 빠지는 게 수상해.

불쌍해. 이모 서울로 납치할까.

아서라, 내 옆에 있으면 이제 나한테
아프다고 징징거릴걸.

엄마는 간병은 이제 징글징글하다며
몸서리치는 시늉을 하다가도, 불쌍한 네 이모
좀 구제해야겠다고 자리에서 일어났다. 넌
여기서 좀 자. 준이만 홀로 남겨진 휴게실
불을 끄고 나가던 엄마가 살며시 문틈 사이로

불쑥 얼굴을 내밀었다. 고마워. 엄마가 옅은
미소를 지으며 말했다.

　　마지막 날 자정에야 도착한 우현네
식구들은 얼굴만 비치고 바로 순천 삼촌
댁으로 이동했다. 가족 휴게실은 성묘를
마치고 들른 손님들과 직계가족들로 이미 꽉
차는 바람에 손주들은 삼촌 댁을 거처 삼아
묵기로 했다. 끼니도 제대로 챙기지 못한 동생
내외를 대신해 준이가 조카 호연을 씻기고
먼저 방으로 들어갔다.
　　준이는 잠옷으로 갈아입은 호연을 옆에
뉘고 따라 누웠다. 세수를 하다 잠이 조금
달아났는지 호연은 불을 껐는데도 한참 고모,
고모 부르며 말을 붙였다. 작년에 초등학교에
입학한 호연의 최근 관심사는 바다 수영인
듯 파도가 너무 거세서 아무리 헤엄을 쳐도

앞으로 못 가고 자꾸 뭍으로 밀려 나온다며
울적해했다.

수영장에서 하면 되잖아.

노잼이에요. 너무 딱딱한 기분이 들어.

딱딱해? 물이 어떻게 딱딱해.

바닷물은 막 왔다 갔다 하면서 나랑
노는데, 수영장 물은 똑같애. 내가 안
움직이면 그대로야.

준이는 귀엽다는 듯 미소를 지으며
호연의 이마를 쓸었다. 어떻게 네가 우현이
자식이니? 말도 안 돼. 그러면서도 어린
호연의 얼굴을 자분자분 살펴보면 어린
우현의 모습이 그대로 보였다. 연년생인
누나를 이겨볼 생각도 않고 그저 잘 따르던
우현의 얼굴이. 멍하니 조카를 보고 있노라면
어리기만 했던 아주 먼 옛날의 장면들, 촉감과
감정 들이 고스란히 쏟아지곤 했다. 준이는

문득 장례식장에서 마주친 녹동 이모할머니를 아주 오래전에 이미 만난 적이 있었단 것이 떠올랐다.

어렴풋하게 기억나는 장례 풍경. 마당 한 귀퉁이에 놓인 가마솥이 내내 끓고 있었고, 장작을 태우면서 생긴 매캐한 연기에 눈이 매워 계속 눈물이 났다. 때 없이 종일 들락날락거리던 사람들, 그들을 가로질러 끊임없이 음식을 나르던 엄마와 자매들. 상여를 멘 사람들이 마을 어귀를 천천히 누비면서 부르던 가락의 높낮이와 장지로 운구를 옮길 때쯤 거세게 쏟아지던 빗줄기. 상을 치르는 내내 집 지붕 위를 이유 없이 빙빙 돌던 검은 새 한 마리까지. 다들 그 새를 보며 한마디씩 거들긴 했으나 별스럽게 여기지는 않는데, 엄마가 유난이다 싶게

신경을 곤두세웠다. 준이는 자신을 겁주려고
엄마가 일부러 자꾸 새 얘기를 꺼낸다고
생각했다. 나중에 듣기로, 엄마는 그 새를
꿈에서 먼저 보았다고 했다. 한 무리의
검은 새들이 집 마당과 툇마루를 서성이던
꿈이었다.

준이에게는 누군가의 죽음을 애도하는
첫 장면에 가까웠다. 외증조부를 대면한
적도, 대화를 나눠본 적도 없었으나 준이에게
그날은 죽음이 뱉는 냄새와 소리로 여전히
남아 있었다. 따져보니 그때 준이의 나이는
호연의 나이와 같았다. 호연은 증조할머니의
장례를 치르러 먼 남쪽을 향해 긴 드라이브를
했던 걸 기억이나 할까. 생전 처음 보는
어른들이 친밀하게 대해주는 걸 의아하게
느끼면서도, 어쩐지 어색해하면 안 될 것 같은
기분이 들어 괜히 딴청을 피우고는 할머니나

고모처럼 익숙한 사람들 곁에만 맴돌았던 것.
그러는 동안 일별하게 되는 장례식 풍경들.
내내 울다가도 금세 웃다가, 또 금방 돌아서면
약속이라도 한 듯 울어버리는 어른들.
그리고 냄새들. 부엌에서 무언가가 끓여지고
구워지는 냄새. 덮고 자는 이불과 베갯잇에서
나는 특유의 향. 잘 모르는 사람들이 먹고
자는 곳에서 나는 냄새, 익숙지 않다는 이유로
좋지 않게 느껴지는 모든 것들.

그러한 구체적인 감각들로 할머니의
죽음을 떠올리겠지. 꽉 막힌 고속도로 위를
가다 서다 반복하며 하염없이 운전대를
잡고 있던 우현의 뒷모습으로 기억할 수도.
준이는 어느새 자신 쪽으로 몸을 기울인 채
새근거리며 잠든 호연을 가만히 바라보았다.
호연의 일정한 호흡이 나지막한 배경음처럼
들려왔다. 준이 역시 눈꺼풀이 감기며 졸음이

쏟아졌다. 완전히 잠에 들려는 찰나, 천천히
방문이 열리며 좁은 틈으로 빛이 새어
들어왔다. 고갤 들고 빠끔히 내다보니 우현이
나오라는 듯 손짓했다.

　형 못 온다더니, 왔네.

　선우였다. 준이조차 어색하기 짝이 없는
친척들 사이에서 선우가 겸연쩍게 웃고
있었다.

❖

　같이 살기로 하면서부터 선우는 늘
무언가를 제안해왔다. 아주 작은 것부터
아직은 먼 미래의 일들까지. 본격적으로
캠핑을 해볼까. 치앙마이에서 1년 정도
살아보는 건. 작은 마당이 있는 집을 사서
동네 길고양이들이 오갈 수 있도록 캣 도어를

만드는 건 어때. 선우의 제안은 늘 두둥실 떠 있는 것처럼 들렸는데, 그때마다 선우는 자긴 정말 진지하다고 했다.

선우는 준이가 자주 쓰는 칫솔이나 연필, 섬유유연제와 즐겨 마시는 우유를 기억하곤 꼭 그것만 샀다. 준이의 사소한 취향과 특정한 호오에 민감했다. 그게 왜 좋은지, 저 사람은 어째서 싫은 건지 궁금해했고, 준이에게 나름의 이유를 듣고 나면 나도 이제 별로, 혹은 그럼 나도 좋아할래, 라고 답했다. 칫솔모가 너무 부드러워서 잘 안 닦이는 것 같다면서도, 그래도 잇몸에서 피 나는 거보단 낫다며 눙치는 사람. 너는 왜 이렇게 줏대가 없어. 준이가 농담하듯 물으면 내 줏대는 너야, 하며 웃고 마는 사람이었다.

선우는 좋은 파트너였다. 언제나 두 사람의 미래를 낙관했고, 낙관을 잃지 않기 위해 노력했다. 그런데도 막상 결혼 애기가 나오면 준이는 자꾸 뒷걸음질쳤다. 선우는 번거로운 게 싫다면 식은 안 해도 된다고, 지금과 다를 바 없이 그저 부부가 되는 것뿐이라며 준이를 설득했다. 지금도 부부처럼 사는 거 아냐? 준이가 되물으면, 부부처럼 사는 거지 진짜 부부는 아닌 거잖아, 라고 대꾸했다.

그래, 부부. 어쩌면 부부가 되기 싫은 거였다. 간섭과 침범이 마땅한 사이. 상대를 탓하는 걸로 각자의 결점을 들키지 않으려는 사이. 영원히 함께하겠다는 약속을 담보로 정말 큰 문제들은 슬쩍 모른 척해버리고 마는 사이. 그러면서도 관계가 깨질까 봐 줄곧 서로를 의심하고 종내에는 스스로를 자책하게 되는 사이. 준이는 엄마의 결혼 생활을 유일한 교본인 양 떠올렸다.

준이는 직접 해보지도 않았으면서 이미
다 안다는 듯 냉소적으로 구는 사람들을
그다지 신뢰하지 않았지만, 결혼 얘기가 나올
때면 어느새 자신도 그런 사람이 되어버리고
만다는 걸 깨달았다. 너는 더 나빠질 궁리만
하는 사람 같아, 힘 빠지게. 선우의 말대로
그때쯤 준이는 그런 태도로 살고 있었다. 아직
벌어지지 않은 일에 지레 겁을 먹고, 벌어지지
않았으면 하는 일들을 미리 셈하느라 정작
어떤 것도 확신할 수 없는 상태였다. 하물며
식탁에 둘 작은 화분 하나를 들이는 것마저도
준이는 자신이 없었다.

임신 사실을 알게 된 것도 그즈음이었다.
아버지를 간병하느라 병원에 상주하던
엄마를 대신해 준이가 사나흘에 한 번씩
본가에 가던 때였다. 엄마는 집을 오래

비워두는 게 마음에 걸린다며 집 청소를
부탁했다. 준이는 집에 들러 티브이 전원을
켜고 창문을 열어 환기를 시켰다. 청소를 다
하고 나면 소파에 누워 아버지와 함께 즐겨
보던 프리미어리그 중계방송을 틀어놓곤
했다. 한번은 밤늦게까지 잠이 들었다가
선우의 연락에 깼는데, 그날 후로 종종 외박
아닌 외박을 했다.

엄마 집에서 준이는 첫 테스트를 했다.
가느다란 실선 두 줄이 비쳤다. 설마 하는
심정으로 약국에 간 준이는 이렇게 희미한
것도 임신인 건가요? 하고 물었다. 약사는
임신이 맞다고, 그래도 혹시 모르니 다른 회사
제품으로 한 번 더 해보는 게 확실하다고
말했다. 문을 나서는 준이의 뒷모습에 대고
축하한다는 말도 덧붙였다.

아무래도 감정을 못 읽는 사람 같아. 전혀

축하받고 싶은 얼굴이 아녔는데.

두 번째 테스트기에까지 빨간색 두 줄이 선명하게 드러나는 것을 확인하고는 준이는 선우에게 전화를 걸었다.

확실해?

그렇대도.

진짜 두 줄 맞아?

선우는 반복해 묻다가는 곧장 반차를 쓰고 준이와 함께 산부인과에 갔다. 임신 확정 결과를 받기까지 준이는 검사실과 대기실, 진료실 곳곳에서 윤준이 산모님, 으로 불렸다. 검사가 끝나고 난 뒤 의사는 초음파 녹화 기록을 보여주면서 임신 6주 차 정도면 심장박동 소리가 잡히기 시작한다고 했다. 한번 들어보시겠어요? 이내 선우가 고개를 돌려 나란히 앉아 있는 준이를 지그시 바라보았다. 대답을 해야 되는 거죠…….

준이가 머뭇거리자 의사는 계획한 게
아니시구나? 처음엔 다 어색해하시더라고요,
하고는 자연스럽게 음량 버튼을 높였다.
곧 심장박동 소리가 들렸고 뒤이어 의사는
축복합니다 산모님! 이라고 밝게 웃으며
말했다.

준이는 향후 검사 일정이 빼곡히 적힌
산모 수첩을 받아 들고 병원 문을 나선
뒤에야 한 박자 늦게 진료실에서 해야 했던
말을 떠올렸다. 아니요, 저는 듣고 싶지
않아요……. 준이는 왜 그 말을 빨리하지
못했는지 두고두고 생각했다. 심장 소리를
들려드릴까요? 라고 묻던 의사보다, 준이를
빤히 쳐다보며 대답만을 기다리고 있던
선우의 얼굴에서 당혹스러움과 멋쩍음 너머로
희미하게나마 상기된 표정을 보아서였을까.

보름이 지나고 다시 찾은 병원에서

의사는 태아의 심박동이 측정되지 않는다고
했다. 계류유산이었다. 임신 초기에는 종종
있을 수 있는 일이라고 했다. 수술 가능한
일정을 묻는 의사에게 준이는 언제여도
상관없다고 말했다. 의사는 그래도 보호자가
동반 가능한 날로 정하는 걸 추천했다. 선우는
그날 아침 포항으로 출장을 갔다가 다음
날 저녁에야 서울에 도착하는 일정이었다.
준이는 미리 수술 일정을 잡아두고는 선우가
돌아오는 날 저녁까지 기다렸다가 말했다.

　　그걸 왜 이제야 말해.

　　일하고 있는데 뭐 하러.

　　어제만 해도 내가 몇 번을 전화했는데.
저녁에라도 말해줄 수 있었잖아.

　　어차피 서울에 없는데 뭐. 오면 말하려고
했지.

　　혼자 다 정해놓고 뭔데 도대체.

빨리하는 게 맞잖아. 날짜를 상의한다고 뭐가 달라지는 것도 아닌데.

달라지는 게 없으니까 너랑 나랑 상의하는 척이라도 했어야지!

선우가 그렇게까지 화를 낸 건 처음이었다. 사소한 말싸움을 하거나 집안일로 소소하게 다툴 때에도 그렇게까지 큰소리를 낸 적은 없었다. 선우는 옷도 갈아입지 않은 채 다시 집을 나가 이튿날 아침까지 들어오지 않았다. 다음 날 준이가 수술 시간에 맞춰 병원에 도착하니 지상 주차장에 익숙한 차가 보였다. 운전석 차창 너머로 두 눈이 벌게진 선우가 손바닥에 얼굴을 파묻은 채 연신 마른세수를 하고 있었다.

유산하고 한 달이 채 안 되어 아버지가

돌아가셨다. 준이는 얼이 빠진 채로
사람이 죽고 난 뒤에 해야 할 일들을 했다.
상주가 되어 장례를 치르고, 주민센터에
가 사망신고서를 작성하고, 아버지 명의로
된 것들을 해약하거나 이전했다. 인증하고
서명해야 할 서류들이 제법 많았다.
그러면서도 고작 신고와 해지, 탈퇴로
아버지의 죽음을 증명할 수 있다는 게
이상하리만치 얄팍하게 느껴졌다.

   아무것도 선택하거나 결정한 것이
없었음에도 불현듯 찾아든 일들 앞에서
준이는 쉽게 무력해졌다. 소파술이 끝나고
회복실에 누워 천천히 마취에서 깨어날 때쯤
보호자 의자에 앉아 울고 있는 선우를 보고도
애써 모른 척했던 것도. 식음을 전폐한 채
죽어가던 아버지의 모습을 지켜보며 사뭇
느꼈던 감정도 그와 비슷했다. 준이는 더는

그런 감정을 느끼고 싶지 않았다. 아프고 죽는
것, 그리고 그 과정을 함께 버티다가 남겨진
사람들. 들키지 않으려고 애쓰지만 그럼에도
그들의 얼굴에 잦게 어리는 오래된 슬픔 같은
것. 준이는 자신에게도 가끔 그런 표정이
비친다는 걸 알고 있었다. 그리고 선우의
얼굴에서도.

가끔 선우가 그 무렵에 있었던 일에 대해
나누고 싶어 하는 기미가 보일 때마다 준이는
마치 아무 일도 일어나지 않았던 것처럼
굴거나 재빠르게 화제를 바꾸었다. 선우는
더 이상 말을 꺼내지 않았고 대신 자기 전에
술을 마셨다. 그러지 않으면 자꾸 잠이 깬다고
했다.

언젠가부터 두 사람은 많은 말을 하지
않았다. 일과를 마치고 집에 돌아와 그날
각자가 보거나 들은 시시한 에피소드를

나누거나, 그때 그거 기억나? 우리 갔던 데랑 똑같아, 하며 함께 갔던 장소나 여행지에서 있었던 일들을 한참 복기하던 시간. 아까 복권 가게 앞을 지나가다가 말야, 그때 아야진해변에서 봤던 그 남자 있잖아, 어젯밤에 공원에서 또…… 로 시작되는 사사로운 이야기들이 더는 두 사람 사이를 오고 가지 않았다. 그렇게 대화의 물꼬를 트고 나면 진짜 묻고 싶은 말들, 실은 정말 하고 싶은 말들로 금세 번질 것만 같아서. 넌 정말 아이를 낳고 싶었던 거냐고. 나는 사실 다른 선택을 고민하기도 했다고. 그러나 그 선택조차 확신하기 어려워서 어쩌면 그냥 덮어둔 것일지도 모른다고. 그래서 이 상황이 조금은 다행처럼 느껴지기도 한다고. 이런 말들이 내처 쏟아질 것만 같았다.

준이에게 포착되는 심상한 장면들 역시

더는 선우에게 전달되지 않았다. 예전 같으면
준이는 너무 이상하지 않느냐고 호들갑을
떨며 말했을 테고, 선우 역시 준이가 원하는
만큼 반응을 해주었을 것이다. 실은 딱히
대수로워 보이지 않았음에도. 선우와의
대화가 줄어들수록 준이는 그런 장면들을
더 많이 보게 되는 것 같았다. 그러나 그
모습을 찍어둔 사진을 나중에 다시 보면 그저
예사로운 광경에 불과했다. 지금 이상한 건
다름 아닌 나구나. 준이는 핸드폰에 저장된
사진들을 한 장씩 지우며 생각했다.

　　화장한 할머니의 유골은 고흥 선산으로
옮겨 묻혔다. 장지로 향하는 버스에는
고흥에서 온 친척들과 마을 사람들도 모셔야

했기에 가능한 사람들은 직접 차를 몰고 따로
움직이기로 했다.

카시트 때문에 뒷자리가 애매하네.

괜찮아, 알아서 갈게.

시골길이라 내비 보면 더 헷갈리니까
누난 운전 말고. 잘 붙어서 와요, 형.

선우가 걱정 말라는 듯 손을 흔들어
보였다. 이윽고 우현의 차가 서서히 출구
쪽으로 움직이기 시작했다. 뒤이어 준이를
태운 선우의 차도 화장장을 빠져나왔다.

선우는 어제저녁에 엄마의 연락을
받자마자 급하게 순천에 왔다. 장례식장에
먼저 들러 부조를 하고 준이의 사촌과 함께
삼촌 댁에 도착했다. 사촌의 배려로 준이와
선우, 그리고 우현네 식구까지 다섯이서만
한방에서 잠을 잘 수 있게 되었는데, 일면식도
없는 다른 친척들과 부대끼는 것보다야

나았지만 그래도 어색하기는 마찬가지였다.

　　나란히 앉은 두 사람은 앞서가는 우현의
차 뒤꽁무니만 볼 뿐, 아무 말이 없었다.
이른 새벽부터 시작된 장례 절차를 좇아
이동하면서 준이도 잘 모르는 준이의
친척들에게 내리 인사를 하며 돌아다니다가
햇살이 들이치는 고요한 차 안에 앉아
있으려니 그제야 피로가 몰려왔다. 준이가
하품을 하면 뒤이어 선우가 하품을 했고, 얼마
안 가 또 선우가 입이 찢어지게 하품을 하면
곧이어 준이가 최대한 입을 벌리지 않으려고
애를 쓰며 하품을 삼켰다. 그러다가는 조금
웃기도 했다.

　　발인을 끝낸 이들은 각자 사정에 따라
흩어졌다. 그래도 이렇게 내려온 게 얼마
만이냐며 하룻밤 더 묵고 가라는 큰이모에게

엄마는 손주가 낯선 데 오래 있으면 지칠
거라며 슬그머니 호연이 핑계를 댔고, 대신
녹동으로 가 늦은 점심으로 장어 샤브샤브를
먹고 헤어졌다. 올라가는 길에는 길쭉하게 난
해안 도로를 따라 우현의 차가 앞서고, 준이의
차, 그리고 선우의 차가 뒤따라 움직였다.
어느 해변에 잠시 멈추어 산책을 하기도
했는데, 호연이 가까이서 남쪽 바다를 보고
싶다고 해서였다.

　여긴 파도가 하나도 없네.

　평야처럼 잔잔하게 펼쳐진 바다를
멀거니 바라보던 호연이 말했다. 파도 때문에
해수면이 들썩거리지도, 하얀 거품이 무섭게
들이치지도 않는, 잠잠하기만 한 해변이었다.
호연은 엄마의 손을 잡고서 반반한 모래사장
위를 평지처럼 뛰어다녔다. 할머니 힘드셔!
하고 우현의 아내가 말했으나, 엄마가

괜찮다는 듯 손짓을 했다. 그들의 뒤를 따라
천천히 걷고 있던 준이는 얼마 안 가 엄마와
호연이 한곳에 멈춰 서서 유심히 아래를
살피고 있는 것을 보았다. 뭔가 싶어서 그들의
등 뒤로 다가선 준이가 갑자기 놀라며 소리를
질렀다. 준이의 비명을 들은 우현과 우현의
아내가 그 주변으로 둘러섰다. 그보다 조금
떨어진 곳에 선우도 있었다.

　그냥 갈매긴데요, 고모.

　호연의 말대로 갈매기가 하얀 배를
드러내 보인 채 죽어 있었다. 바다에서 쓸려
온 건지 알 수 없었으나, 목이 비틀어졌는지
부리가 모래 안으로 깊게 박혀 있었고, 그
주변에 회색빛을 띠는 깃털들이 흩날렸다.
준이는 갈매기를 피해 금세 빠져나왔지만,
죽어 있던 갈매기의 잔상 탓에 자꾸 입안이
간질거리며 몸서리가 쳐지는 기분이었다.

준이를 제외한 나머지 식구들은 죽은 갈매기 주변을 에워싼 채 말을 잇다가는 얼마 안 있어 두 손을 모으고 고개를 숙였다. 그 모습을 보고 있던 준이가 다시 그들 쪽으로 걸음을 옮겼을 때, 호연의 목소리가 나직하게 들려왔다.

좋은 곳으로 가게 해주세요.

그러자 우현의 아내가 호연을 따라 말했다. 우현 역시 아내의 눈치를 보다가 한 박자 느리게 따라 했다. 기도를 마친 세 사람이 엄마를 쳐다보았다. 깍지 낀 두 손을 가슴께로 모으고서 두 눈을 질끈 감은 엄마가 뒤이어 말했다.

부디 좋은 곳으로 가게 해주세요.

가족들이 해변을 따라 다시 움직이는 동안, 선우는 아직 죽은 갈매기를 들여다보고 있었다. 준이가 선우 곁으로 가까이 다가갔다.

잠시 서로를 마주 보던 두 사람은 누가 먼저랄
것도 없이 이내 두 손을 모으고 눈을 감았다.
가족들이 했던 것처럼 입 밖으로 내뱉진
않았지만, 두 사람도 기도 비슷한 걸 했다.

❖

연휴 마지막 날이라 그런지 서울로
올라가는 차량 행렬은 점점 불어났다. 장례
일정이 고되었는지 엄마는 차에 타자마자
잠에 들었다가 익산에서 천안을 지날 때쯤
눈을 떴다. 정말 멀다, 우리 집. 멀어도 너무
멀어. 엄마가 말하는 우리 집이 서울에 있는
집을 말하는 건지, 아님 할머니와 함께 살던
고향집을 말하는 건지 알 수는 없었지만, 준이
역시 뭐가 됐든 정말 멀다고 느꼈다.
엄마는 녹동에서 먹은 장어 샤브샤브가

무척 맛이 좋았다며 또 가고 싶다고 했다. 요샌 서울에 갈 만한 장어 집이 없다고, 자주 찾던 서오릉 장어 집도 사장이 바뀌고 나선 영 배렸고, 동대문 상인 모임 때 단골처럼 드나들던 장어 집도 중국산 고춧가루를 쓰는지 갓김치가 흐물흐물하고 간도 안 맞아 싫다면서. 그나마 병원 근처의 장어탕 집이 괜찮았다고, 병원 밥이 지겨울 쯤이면 선우가 때때로 사다주어서 그 덕에 보신을 했다고 말했다. 준이는 장어탕 얘기는 처음 듣는 거였다. 아무리 그래도 너는…… 엄마가 작심한 듯 준이를 쳐다보며 말했다.

선우한테 말도 않고 말이야.

그래서 나 대신 부른 거야, 이 먼 델?

못 오더라도 알려는 줘야지. 안 그럼 나중에 괜히 섭섭해져.

준이가 말없이 전방만 주시하고 있자,

엄마는 그래서 너도 그때 아빠한테 연락한
거 아냐? 하며 오래전 얘길 꺼냈다. 할아버지
장례식 때의 일이었다.

　　엄마가 아버지와 따로 산 지 5년 남짓
되던 해, 외할아버지가 췌장암 말기 판정을
받았다. 순천 병원에서는 진통제 말고는
딱히 해줄 수 있는 것이 없다며 치료 중단을
알렸으나, 엄마는 국립암센터에서 한 번
더 검사를 해보자고 했다. 하지만 이미
손쓸 수 없을 정도로 암세포가 전신에 퍼진
상태였기에 방사선 치료도 별 의미가 없었다.
그래도 엄마는 할아버지를 다시 돌려보내지
않았다.
　　안방에 있던 엄마의 침대는 거실로
옮겨져 병상이 되었고, 엄마는 할아버지가
누운 침대 옆에 이불을 깔고 잠을 잤다.

엄마가 청평화시장에서 아가방이나 베베와 같은 아기 옷 브랜드 제품을 취급할 때였다. 엄마는 온종일 조막만 한 옷가지들에 둘러싸여 있다가 집으로 돌아와서는 죽어가는 자신의 아버지를 정성껏 돌보았다. 할아버지는 고향으로 돌아간 지 얼마 안 되어 급성 패혈증으로 임종했다.

반년 가까이 딸 집에 머무는 내내 사위의 부재를 딱히 언급하지 않았던 할아버지는 고흥으로 돌아가기 직전에야 윤 서방의 거취를 물었다. 당황한 엄마는 외국에 장기 출장을 갔다며 대충 얼버무렸고, 할아버지는 더 이상 추궁하지 않았다. 그날 밤, 나란히 누워 잠에 들려는데 할아버지의 목소리가 들렸다. 좋은 것만 봐라. 나쁜 거보다 좋은 거. 그럼 네가 편하다. 못 들은 척했지만 엄마는 밤새 많이 울었다고 했다.

할아버지가 위중하다는 소식을 들은
엄마는 미리 싸두었던 짐을 챙겨 준이에게
서울역으로 오라고 했다. 준이는 기차표를
예매하는 대신 아버지에게 연락을 했고,
엄마의 적갈색 보스턴백은 아버지의 차
트렁크에 실렸다. 5년 만에 아버지를 마주한
엄마는 옆에 서 있던 준이를 잠시 뚫어지게
쳐다보다가는 이내 군말 없이 차 문을 열고
조수석에 앉았다.

　　장례를 치르는 내내 엄마와 아버지는
상복을 입고 상주석에 나란히 서서 조문객을
맞이했다. 두 사람이 서류상 남남이라는 걸
아는 이는 엄마의 자매들뿐이 없었지만,
가족들은 조금 지나치다 싶을 정도로 윤 서방,
윤 서방 하며 아버지를 챙겼다. 마치 이미
알고 있었다는 듯이. 특히 할머니가 그랬다.

　　그 후로 두 사람은 자연스레 다시

함께 살게 되었다. 5년간 아버지와 떨어져
살았어도 그간 시댁 식구들과 왕래가
없던 것은 아니었다. 때마다 아버지의
형제자매들과 연락을 주고받았고, 고향에서
민어나 감태, 생굴이 올라오면 챙겨 보내기도
했다. 합가를 하고 나서 엄마는 이전처럼
명절이나 시부모의 기일이 있을 때마다
시어른 댁으로 가 제사 음식을 준비했다.

준이는 말도 없이 아버지에게 연락을
취한 것이 늘 마음에 걸렸다. 엄마가 어렵게
결정한 선택을 자신이 번복한 것만 같아서.
또다시 준이 자신 때문에 엄마가 뜻하지 않은
삶을 구태여 감내하는 게 아닐까 싶어서.

네가 말 안 했으면 전혀 알 길이 없었겠지,
네 아빠도.

괜히 끼어들었지, 아무래도?

글쎄, 어떻게든 왔을걸.

무슨 수로? 우현이가 했으려나.

할아버지가 돌아가시기 전날 꿈에 네 아빠가 보이긴 했어.

준이는 처음 듣는 이야기였다.

백일도 안 된 널 데리고 춘천에 놀러 간 날이었어. 그때 아빠가 일하던 사진관 봉고차를 타고 춘천 MBC 앞에 도착했는데 눈이 말도 못 하게 내리는 거야. 무릎까지 눈이 쌓여서는 제대로 걷지도 못하고 발이 푹푹 꺼지는데, 배가 고픈지 너는 울기 시작하고 타이어는 바람이 빠졌는지 난리도 아닌 와중에, 갑자기 네 아빠가 하얀 눈밭을 데굴데굴 구르는 거야. 저 혼자 영화를 찍는지 눈이다! 폭설이다! 하면서. 그 추운 날 터틀넥 니트를 입고도 땀이 삐질삐질 나는데 어처구니가 없어서 그만 웃음이 나더라.

너는 악을 쓰며 우는데 우리 둘만 정신 나간 사람들처럼 웃었지 뭐니.

엄마는 그날 꿈에 아버지가 나온 것이 패나 묘하게 느껴졌다고 했다. 세상 물정 모르고 순진하기만 했던 신혼 초, 갓난쟁이 준이를 만지고 안고만 있어도 더할 나위 없이 충만했던 그때, 가장 단순하고 진실한 마음으로 앞날을 그리던 젊은 두 사람의 모습이 꿈을 꾸는 내내 밝고 하얀 빛에 둘러싸여 마치 아주 오래된 필름을 영사하듯 명암의 구분 없이 그저 환하게만 보였다고.

엄마는 할아버지가 꿈을 통해서 그 장면을 보여준 거라 생각했다. 그때껏 준이는 엄마가 꾸는 꿈이 그리 달갑게 느껴지지 않았다. 나쁜 쪽을 먼저 떠올리게 되는 것만 같아서. 그러나 엄마는 앞날을 정확히 예지할 수 있는 꿈 같은 건 없다고 했다. 선몽을 꿈 이가 꿈을 받아들이는 방식은 제각기 다르다고. 어떻게 받아들이냐에 따라 길과 흉의 운도 점쳐지는 거라고 했다.

나쁘게 보면 나쁜 일이 생기고, 좋게 보면 좋은 일이 생기는 거야.

준이는 그 얘기가 비단 꿈에 국한된 것만은 아니라는 생각이 들었다.

이번엔 무슨 꿈이었어, 할머니가 나왔어?

준이의 물음에 엄마는 그건 아니고, 하면서도 말하기를 주저했다.

나쁜 꿈이었어?

아니, 좋은 꿈이었어. 이래도 되나 싶을 정도로. 아주 좋은 일이 생길 것 같은 꿈. 그래서 말 안 하려고 당분간.

그럼 좋은 거네. 준이는 다행이라고 생각했다.

별일 없으면 그냥 개꿈인 거고. 근데

있잖아, 준이야.

잠시 뜸을 들이던 엄마가 다시 말을
이었다.

별일이 생기면 그냥 생기는 거야. 그러니
너무 겁먹지 마. 계획대로 되는 건 정말
아무것도 없다. 있다 해도 그건 그저 운때가
맞은 것뿐이야. 기대한 대로 못 살았다고 해서
영영 잘못된 것도 아니고.

…….

그렇게 나쁘지만은 않아, 사는 거. 나는
너랑 우현일 만났잖니. 그게 아니더라도 이쯤
되니 나는 살기를 잘했고 좋았다.

❖

그새 검게 변한 하늘에 유달리 큼지막한
보름달이 떠 있었다. 도로를 메우고 있는

차들의 전조등 때문인지 아니면 보름달
때문인 건지 밤하늘로 느껴지지 않을
만큼 환했다. 한숨 더 자야겠다며 엄마가
창가 쪽으로 머릴 기대었다. 안성분기점을
지나 서울 방면을 알리는 표지판이 보이기
시작했다. 준이는 엄마가 거슬리지 않을
만큼 음량을 높였다. 라디오에서는 고민
상담 코너인지 시청자 사연을 두고 라디오
디제이와 게스트가 갑론을박을 하는데 대체로
다 시시콜콜한 내용이었다. 하도 많이 입어서
잔뜩 늘어지고 해진 애착 잠옷을 버릴지
말지 조언을 구한다는 사연도 있었다. 조만간
신혼집에 들어가 새 침구와 함께 커플 잠옷을
맞추게 될 텐데, 원래 입던 잠옷을 입으면
몸에 탁 감겨서 마치 옷을 하나도 안 걸친
느낌이 들고 그래서인지 다른 옷을 입으면
잠을 잘 못 자서 차마 버릴 수가 없다고 했다.

이 사연만큼은 디제이와 게스트 둘 다 같은
의견이었다. 같은 침대에서 자긴 하지만 잠에
드는 건 각자가 알아서 해야 하는 거잖아요.
어쩌겠어요? 상대에게 양해를 구해야지. 정말
참 별게 다 고민입니다. 그러면서도 디제이는
신혼부부만이 할 수 있는 아기자기한 걱정
같다며 웃었고, 언젠가 두 사람의 관계가
느슨해지는 때가 찾아오면 이 방송을 꼭 다시
들어보라고 했다. 틈 하나 없이 꼭 들어맞는
퍼즐인 양 서로의 모든 걸 꼭 맞춰보려고 했던
시절이 있었다는 것을 새삼 깨닫게 될 거라고.
　　어느덧 서울 톨게이트였다. 내비게이션을
확인하니 엄마 집까지는 한 시간 반 남짓
남았다. 잠에서 깬 엄마가 하이패스 차선마다
길게 도열해 있는 차들을 물끄러미 보다
말고 여기서 제일 가까운 휴게소가 어디지?
하고 물었다. 만남의 광장. 왜 급해? 그러자

엄마가 그런 것 같기도 하고…… 하면서 말을
늘렸다. 그런 거 같은 건 뭐야 확실히 말해줘,
돌아가야 한단 말야. 그러면서도 준이는
엄마의 답변을 듣기도 전에 이미 차선을
변경하며 내비게이션을 빠르게 재설정했다.
헤드레스트에서 고개를 뗀 엄마는 이윽고
핸드폰을 꺼내 들었다. 휴게소에 가기 위해
지나온 길의 반대편 쪽으로 다시 돌아가는
동안, 엄마는 목에 걸고 있던 돋보기안경을
쓰고는 가느다랗게 실눈을 뜬 채 핸드폰
화면을 노려보며 타자를 쳤다. 자음과 모음을
한 자씩 누를 때마다 더듬더듬 효과음이
들려왔다. 준이는 그것이 묘하게 신경
쓰였다. 그때, 창밖으로 진눈깨비가 흩날리기
시작했다.

눈이야?

응, 눈이네.

오다 말 눈이다.

그랬으면 좋겠다. 이제 좀 지겹네.

올해는 유난히도 눈이 많이 내리는
듯했다. 주차를 하고 난 뒤 두 사람은
나란히 휴게소 건물로 들어갔다. 뒤이어
화장실에 다녀온 엄마는 준이에게 따뜻한
라테를 부탁하며 차에 먼저 가 있겠다고
했다. 주문을 마친 준이가 멀찍이 주차해둔
차를 바라보았다. 그사이, 눈송이가 부쩍
도톰해졌다. 금방 그치지는 않겠는걸. 준이가
다시 차를 향해 시선을 옮기려는데, 선팅된 앞
유리 너머로 흐릿하게나마 엄마의 실루엣이
보였다. 근데 왜 조수석이 아니라 운전석에
있는 것 같지? 때마침 커피가 완성되었다는
알림이 다급하게 울렸다. 양손에 커피 잔을
하나씩 든 준이가 차를 향해 터덜터덜
걸어가는데 오른편에서 익숙한 자동차가

서서히 멈추는 것이 보였다. 고속도로에서 별안간 어디선가 떨어진 파편으로 인해 좌측 헤드라이트 유리가 깨진 지 반년이 넘었는데도 조만간 손보겠다며 차일피일 미루던, 준이에게는 너무나 익숙하기만 한 선우의 차. 운전석 문이 열리고, 차에서 내린 선우가 준이를 쳐다보더니 이내 어깨를 으쓱했다. 엄마구나, 선우를 부른 게. 아니나 다를까 엄마는 운전석에 앉아 양손으로 핸들을 쥐고 있었다. 이미 벨트까지 맨 체.

이제부터 엄마 혼자 갈게.

❖

엄마와는 만남의 광장 휴게소에서 헤어졌다. 눈발이 점점 거세지는데도 엄마는 혼자서도 충분히 갈 수 있다면서 고집을

꺾지 않았다. 갈 때나 좀 도와주지, 왜 다
와서 그러냐는 준이의 핀잔을 못 들은
척하던 엄마는 영문도 모른 채 뻘쭘하게 서
있는 선우에게 준이 좀 잘 부탁한다며 코를
찡긋거렸다.

진짜 이러기야? 내가 알아서 한다니까.

선우 부른 건 미안. 끼려고 낀 건 아니고.

그럼 왜 불렀어. 갑자기 왜 혼자 간다는
건데.

오늘부로 나 숙제 다 끝냈어. 좀
홀가분해지고 싶어 그런다.

준이는 더는 실랑이를 벌이지 않기로
했다. 대신 운전석 창문 쪽으로 가까이 다가가
출발하려는 엄마를 잠자코 바라보며 말했다.

조심히 가. 무슨 일 있으면 전화해.
도착해서도 문자 남기고.

별일 없을 테니까 연락 그만. 전화기 꺼둘

거야.

왜 저래.

엄마 진짜 간다. 고생했어, 딸.

엄마가 탄 차는 유유히 도로를 향해
빠져나갔다. 어느새 준이 곁에 온 선우도
나란히 서서 엄마의 주행을 지켜보았다.
생각보다 움직임이 부드러웠고, 차선
합류 지점에서도 무리 없이 자연스럽게
끼어들었다. 여유가 넘치시는데. 준이의
걱정을 잠재우려는 듯 선우가 말했다.

도로가 금세 하얗게 뒤덮였다. 준이는
엄마에게 연락을 해볼까 했지만 운전에
방해가 될까 봐 참았다. 대신 도착하면
꼭 연락하라는 메시지를 보냈다. 종일
운전하느라 읽지 못한 카톡 메시지를
확인하는데, 선우가 헛기침을 하며 목소리를
가다듬었다.

눈이 오는 날은 거지들이 빨래하는
날이라던데.

고흥 선산을 내려오는 길에 동네
어르신이 한 말이라고 했다. 올겨울은 통
춥지도 않고 봄처럼 포근하다고, 올해 농사도
변변찮을 것 같다면서.

근데 그 어르신 있잖아. 어디서 많이 뵌 분
같은 거야.

장례식장에서? 아님 삼촌 댁?

아니, 꿈에서. 며칠 전에 그 어르신이랑
똑같이 생긴 할아버지가 나왔거든.

말도 안 돼. 거짓말하고 있네.

진짠데?

데자뷰 같은 아무 말 하지 마, 진짜로.
그냥 잠 못 자서 그래.

맞아, 아무 말이야. 잠도 진짜 못 잤고.

어이가 없다는 듯 준이가 피식 웃었다.

너무 안 웃겨서 웃겨. 진짜 하나도 안 웃겨서 웃겨. 긴장이 풀어져서 그런 건지, 선우가 안 웃긴데 웃기려고 싱거운 말을 하는 게 우스워서인지는 모르겠지만 준이는 소리까지 내며 웃었다. 그렇게까지 웃을 일은 아니라고 말하면서도 선우 역시 따라 웃었다. 실은 정말 웃긴 건 아니었는데 웃다 보니 계속 웃게 되었다. 누구라도 먼저 웃음을 멈추면 금세 차 안이 적막으로 가득찰 걸 너무 잘 알아서. 그러고 나면 둘 중 누구라도 먼저 말을 꺼내야 한다는 것도.

이제 어쩌지?

먼저 질문한 건 선우였다. 행선지를 정하기 위해 묻는 것 같았지만, 준이는 선우의 질문 뒤에 '우리'가 괄호 속에 숨어 있는 것처럼 들렸다. 이제 어쩌지, (우리?)

아무래도 어머니 댁으로 가는 게 낫겠지?

눈도 많이 오니까.

선우가 부연하듯 말을 이었고,

일단 집으로 가. 준이가 대답했다.

그리고 우리 얘기 좀 해. 이번엔 진짜
얘기.

대기 중이던 신호가 어느새 파란불로
바뀌었다. 두 사람은 집으로 향했다. 일단은
두 사람이 함께 살고 있던 집으로.

작가의 말

　　소설 속 준이처럼 나도 겁이 많은 편이다. 무턱대고 질러보는 일은 아주 오래전에 접었다. 일단 하고 보지 뭐, 하며 당돌하게 살았던 적도 있었던 것 같은데, 언제부턴가 큰 결정이나 선택을 해야 하는 상황이 오면 자꾸 회피하거나, 아예 그러한 상황이 생기지 않게끔 아무 일도 일으키지 않으려고 했다. 안전, 안정, 안심. 이런 단어들 속에 나를 숨기거나, 그런 단어들에게만 곁을 내주는 날들이 길어졌다. 실패하고 싶지 않아서였다.

때때로 나는 소설을 통해 내가 아직 겪지 않은 일들을 미리 헤아려보곤 한다. 아마도 머지않은 시간에 내게 도래하게 될 미래의 순간들, 부디 벌어지지 않았으면 하는 일들을 오랫동안 떠올리다가 소설을 쓰게 되기도 한다. 혹은 내가 아닌 소설 속 인물에게 한때는 나의 사정이었고 비밀이었던 일들을 부여하기도 한다. 다시 제대로 마주하기 위해서. 소설을 쓴다는 건 현실의 두려움을 조금이나마 덜어내려는 시도와도 같다. 그 두려움에 완전히 몰두하는 작업을 통해서 시뮬레이션을 해보는 것. 이 소설을 쓰는 동안 나는 준이가 처한 상황들 속에 오래 머물렀다. 엄마가 준이에게 하는 말들은 실은 나에게 하고 싶은 말이기도 했다.

키우던 고양이가 건강하게 잘 살아 있던 몇 해 전, 나는 고양이의 죽음을 생각하며 짧은 소설을 썼다. 소설 속 고양이는 나의 고양이와는 전혀 다른 이름과 배경과 서사를 지녔지만, 나는 그 소설을 씀으로써 고양이의 죽음을 미리 경험한 거나 다름없었다. 《다다른 날들》을 쓰는 동안 실제로 나의 고양이가 죽었다. 무척이나 갑작스러운 이별이었고 그래서 한동안은 아무것도 할 수 없을 정도로 힘이 들었으나, 애도하는 과정에서 그 소설을 여러 번 들추면서 마음을 추스를 수 있었다. 아마도 나중에 《다다른 날들》을 다시 읽으면서 나는 내게 주어졌던 어떤 날들을 자주 곱씹으며 기릴 것 같다. 이 페이지에는 다 적지 못하지만, 나중에 또 어떤 방식으로든 소설 속에 등장하게 될 나의 경험들을.

끝까지 쓰지 않기로 한 것들은 결국 쓰게 된다. 그러고 나면 오랜 일들도 오늘처럼

가깝고, 앞으로 일어나게 될 일들도 그리
무섭게 느껴지지 않는다. 이 소설 또한 그런
마음으로 삶을 연습하듯이 썼다. 우리가
소설에 기댈 수 있는 본질적인 힘이 있다면
타인의 삶을 따라 읽으며 나의 삶을 되돌아볼
수 있다는 것이지 않을까. 삶을 연습하듯
소설을 읽고 다시 쓰는 일. 독자분들에게
이 마음이 가닿기를 바란다. 삶을 연습하듯
소설을 읽어주시기를. 소설을 통해 충분히
기댈 곳을 찾으시기를.

2024년 여름

차현지

차현지 작가 인터뷰

Q. 《다다른 날들》은 '준이' 엄마의 꿈으로 시작하는 작품입니다. "깊이 머물다가 깨고 나면 잠기운에서 벗어날 새도 없이 무슨 일이 생기겠구나 하는 기분에 덜컥 사로잡히(8쪽)"는 꿈을 꿔요. 그런가 하면 준이는 꿈은 아니지만 일상에서 심상한 장면들을 마주합니다. 엄마가 꾸는 꿈과 준이가 맞닥뜨리는 장면 모두 어쩌면 남들에게는 별스럽지 않은, 그냥 지나갈 수 있는 것들이지만 두 사람은 지나치지 못하지요.

작가님께도 다른 사람들에 비해 유독 감각을 날카롭게 세우게 되는 경험이 있으신가요? 어쩌면 그런 경험들이 작품 속에 녹아 있을 것 같기도 합니다.

A. 준이의 엄마가 예지몽에 가까운 꿈을

꾸게 된 건 근심과 기우로부터 비롯되었을 거예요. 좋지 않은 일이 일어나게 될까 봐, 나쁜 일이 생길지도 모른다는 두려움이 그녀에게 앞날을 내다보는 예지능력을 선사해준 것처럼 보이기도 하고요. 그러나 엄마의 말대로 꿈은 꿈을 꾼 이가 받아들이는 대로 보일 뿐이에요. 엄마의 꿈만이 아니라, 준이가 마주하게 되는 심상한 장면들도 마찬가지라고 생각해요. 저 역시 그런 장면을 목도할 때마다 소설로 옮겨보고 싶다는 생각을 자주 하게 되는 것 같습니다. 우리의 일상이 매일 스펙터클할 수는 없으니까요. 비슷한 시간대의 출퇴근길, 매일 습관처럼 걷는 산책로, 실내로 침투하는 오후의 햇빛 같은, 익숙한 장소에서 발생한 비일상적인 순간들을 포착하게 될 때, 무언가를 쓰고 싶다고 강렬하게 느끼는 것 같아요. 그냥 지나치려면 지나칠 수도 있지만, 그런 장면들은 제가 유심히 보아야만 보이는 것들이잖아요. 제게 문학적인 이미지는 그렇게 일상의 작은 요철을 들여다보는 것에서부터 시작하는 것 같아요.

이번 소설에서도 준이가 죽은 새를 밟았다든가, 가족들이 해변에서 죽은 갈매기를 마주하게 되는 장면이 등장하는데 어쩌면 누군가에게는 별일이 아닐 수도 있고, 누군가는 아예 발견하지 못할 수도 있어요. 일상에서 흔하게 보게 되는 풍경이기도 하지만, 실은 선연한 죽음의 흔적이기도 하죠. 이번 소설은 그런 장면들을 목격하면서부터 이야기의 실마리가 풀리기 시작했어요. 소설을 구상하던 시기에 찾아간 겨울의 해변에서 실제로 갈매기가 죽어 있는 것을 보았거든요. 혼자 산책을 하고 있었는데,

한없이 곱고 부드러운 모래사장을 거닐다가 별안간 모래와는 전혀 다른 성질의 물체가 보였어요. 너무 놀란 나머지 육성으로 소리를 지를 뻔했어요. 그 물체가 갈매기 사체라는 걸 인지하기까지는 조금 시간이 필요했습니다. 저게 뭐야, 뭐지 하고 보고 있던 짧은 시간 동안, 멀찍이 가족들로 보이는 한 무리의 사람들이 서로의 손을 붙잡고 모래사장을 뛰어다니고 있었어요. 파도가 들이치며 내는 박자에 맞춰 아이의 웃음소리가 들리다가 안 들리기를 반복했지요. 제가 무언가의 죽음을 알아채는 그 짧은 사이에, 뛰어다니는 아이의 맑기만 한 웃음소리도 함께 들린 거예요. 죽음과 생명력이 한 시공간 안에 머물고 있었어요. 삶이 늘 그렇듯이요.

그럼에도 일상에서 그런 딜레마적인 순간들, 장면들을 목격하기는 쉽지 않아요.

당장 내가 가야 하는 목적지가 있고, 당장
내가 만나고 있는 사람을 눈앞에 두고 있는데,
당장 해결해야 하는 일이 산적한 상황에서
그냥 지나쳐도 될 만한, 흘려보내도 무방한
어떤 장면이 극적인 침입자처럼 갑작스레
출현하기란 무척 어렵잖아요. 되도록 그런
순간들을 놓치지 않기 위해 노력하려고
해요. 사건의 당사자가 되어버리면 눈앞에
닥친 상황에만 몰두하게 되고, 주변부는
흐릿해지기 십상이니까요. 그렇게 되면
놓쳐버리는 게 너무 많아지는 것 같아요.
소설을 쓰기 위해서도, 그리고 실제 제 삶을
대할 때에도 되도록 당사자가 아닌, 목격자의
견지에 있으려고 해요. 이번 소설은 그런
생각들을 하다가 쓰게 되었습니다.

Q. 작품은 할머니의 부음에서 출발하여 준이가 여러 죽음들을 애도하는 로드무비 형식으로 쓰였습니다. '잘 애도하는 법'에 다다르지는 못해도 누구에게나 죽음의 첫 장면, 혹은 "누군가의 죽음을 애도하는 첫 장면(45쪽)"이 있을 듯해요. 작가님께도 어렴풋하지만 생생한 감각이 떠오르는 죽음의 첫 풍경이 있으신가요?

A. 질문을 받고 나서 떠오른 죽음에 대한 인상이 여럿 있었지만, 그중에서도 가장 강렬하게 감각되는 건 아마도 유년의 기억인 듯합니다. 사람은 아니었고요. 쥐였습니다. 일곱 살 무렵이었던 것 같아요. 구시가지의 오래된 주택에 살고 있었는데 아침에 일어나면 간밤에 부엌 싱크대 밑에 놔두었던 쥐 끈끈이를 확인하는 것이 일과 중

하나였어요. 그때만 해도 쥐가 많았던 걸로
기억해요. 쥐는 해로운 동물일 뿐이라고만
여기고 별생각 없이 쥐 끈끈이를 내다 버렸고,
소각하는 광경을 무심하게 보곤 했었어요.
한번은 미술 학원을 갔다가 하원하는 길에
동네 남자애와 이상한 시비가 붙었어요. 대장
노릇을 하던 아이가 긴 나뭇가지를 칼처럼
들고 돌아다니면서 너 이거 할 수 있어?
너 이거 할 수 있어? 하면서 애들 기를 다
죽이고 있더라고요. 그게 꼴사나워서 저는
그 애가 할 수 있냐고 물으며 퀘스트처럼
지령하는 행위들을 전부 수행했어요. 심통이
잔뜩 난 남자애가 또 뭐가 없나 이리저리
둘러보다가는 언덕이 진 좁은 골목으로
뛰어가더니 그럼 이건 할 수 있겠어? 하고
물었어요. 까짓거 뭐여도 다 한다는 마음으로
언덕을 올라가서 보니 차에 치여 죽은 쥐

사체가 있더라고요. 남자애가 쥐고 있던 긴
나뭇가지로 사체를 훼손하기 시작했습니다.
그러고는 얼마 안 있어 나뭇가지를 제게
주었습니다. 할 수 있으면 해보라는 듯이.
그때 왜 그랬는지는 모르겠지만 저는
아무렇지 않다는 듯 나뭇가지를 받아 들고 그
애의 눈을 똑바로 바라보며 사체를 훼손하는
일에 동참했어요. 별것도 아니라는 듯. 그리
대단하지도 않은 걸로 뻐긴다는 걸 그 애에게
꼭 알려주고 싶었나 봐요. 그러나 제게는
너무 별것이었던 일이긴 했어요. 그날 쥐
끈끈이에 들러붙은 쥐들이 찍찍대는 소리를
들으면서 밤새 울었던 기억이 납니다. 쥐는
그저 흉물스럽기만 하고 전염병이나 옮기는
나쁜 것, 없어져 마땅한 것이라 여겼었는데,
그날은 그렇게 느껴지지 않았어요. 다음 날
할머니를 따라 사찰에 가서 꽤 오랜 시간

절을 했어요. 그전까진 법당 안에 발을
들여본 적이 없었거든요. 불공을 드리는
할머니 곁에서 대놓고 지루하단 티를 하도
내 혼나곤 했었는데, 그날은 누구도 절을
하라 강요하지 않았는데도 그냥 그래야 할
것 같아 계속 방석에 이마를 대고 있었어요.
그때 제가 느꼈던 가장 큰 감정은 아마도
죄책감이었겠죠. 종종 제가 괴롭힌 쥐가
나오는 악몽을 꾸면서 학령기에 진입했어요.
언젠가 두꺼운 양장으로 된 과학 백과
시리즈를 읽다가 모든 생물은 죽는다는
문장과 함께 동물의 생애주기 도표 이미지를
보게 되었습니다. 오래 사는 순서대로 그림이
그려져 있었고, 당연히 인간은 가장 큰 축에
속해 있었어요. 인간 그림의 10분의 1도 안
될 만큼 작게 그려진 동물 중에는 물론 쥐도
포함돼 있었고요. 인간에 비해 아주 작은

미물에 불과한 것처럼 그려져 있었어요.
모든 생물은 크고 작음과 관계없이 전부
죽는다, 라는 강렬한 문장이 쓰인 페이지를
채 덮지도 못한 채 숨도 못 쉴 만큼 울었던
기억이 나요. 그날 이후로 잠을 안 자려고
버틴 적이 많았어요. 잠을 자다가 우주로
빨려가버리거나 흔적도 없이 이 별에서
사라질지도 모른다는 공포 때문이었을까요.
제게 죽음에 대한 첫인상은 한없는 공포와
죄책감이었던 것 같아요. 그리고 지금까지도
죽음에 대해 생각할 때마다, 혹은 각별한 이의
죽음을 겪을 때마다 저는 이 두 가지 감정에
끝도 없이 사로잡히곤 해요. 그때만큼은
아직도 모든 생물은 죽는다는 명제를 도저히
받아들이지 못하고 몸부림치는 유년 시절로
돌아가는 것 같아요.

Q. 첫 소설집 《트랙을 도는 여자들》(다산책방, 2021)이 가까운 시일 내는 아니더라도 언젠가 바꿀 수 있는, 그래서 바꾸고 싶은 사회 구조 안에서 살아가는 여성들이 어떻게 살아남고 있는지를 이야기했다면,《다다른 날들》은 좀 더 좁고 깊은 이야기로 느껴졌습니다. 사회는 바뀔 수 있어도 우리가 언젠가 죽으리라는 사실은 바뀌지 않잖아요. 준이가 경험한 죽음들이 미리 막을 수 있었던 어떤 피해의 모습을 하고 있지도 않고요. 의지로는 피할 수 없는 죽음이라는 것을 받아들이고 이미 떠나기로 결정된 이들을 잘 떠나보내고자 하는 작품으로 읽혔는데요. 작품을 어떻게 쓰시게 되었는지, 작가님은 독자들에게 어떤 이야기를 전하고 싶었는지 궁금합니다.

A. 삶이 길어질수록 죽음을 맞이하게
되는 일들도 점점 늘어가는 것 같아요. 이
소설을 쓰는 동안에도 개인적으로 몇 번의
죽음을 마주하게 되었어요. 〈작가의 말〉에도
썼지만, 초고를 작업하던 중에 오래 키우던
고양이 '밍가'가 죽었어요. 사는 동안 가장
순도 있게 교감하고 밀도 있게 사랑한 존재가
어떤 징후나 유예 기간도 없이 갑작스레
제 삶 바깥으로 사라져버리는 일이 생긴
거죠. 당연히 고양이의 생애주기는 인간보다
짧기에, 간간이 그 아이의 죽음을 미리
시뮬레이션하기도 하고, 그 시기를 최대한
지연시키기 위해 노력하기도 했어요. 이렇게
갑자기 떠날 줄은 몰랐죠. 밍가가 죽고 난 후,
제게 남은 건 상실감이라기보다 죄책감이
컸어요. 밍가의 죽음은 나의 불찰로 인해
발생한 사건일 거라고. 한동안 밍가가 죽기

전의 며칠간을 끝없이 복기했어요. 내가 놓친 무언가가 있지 않을까, 내가 한 실수가 있지 않을까 하면서. 그때 마침 심리 상담을 하던 시기이기도 했는데, 상담사는 제게 죽음은 결코 통제될 수 없다는 조언을 해주었어요. 상담을 마치고 돌아오는 길에 어쩌면 내가 무척 오만한 걸지도 모르겠단 생각이 들었죠. 나의 영역 안에서 안전한 통제와 관리를 함으로써 죽음이 들어올 만한 경로를 다 막아버릴 수 있다고 착각하고 있었던 거구나. 감히, 정말 감히.

　근 몇 년간 제가 사랑하는 사람들이 많이 아팠어요. 투병 생활 동안 저 역시 수시로 병원을 드나들었죠. 제게 각별한 이들 말고도, 환자복을 입은 채 병원 곳곳에 멀거니 앉아 있는 환자와 보호자 들을 자주 마주치면서 제 몸에 아주 오랫동안 축적되어 가득

들어차 있던 욕심 같은 것이 한순간에 줄줄 빠져나가는 느낌을 받기도 했어요. 잘해보고 싶은 마음, 잘해보려고 애쓰는 마음 같은 게 불결하다는 생각까지 들어 순간 섬찟하기도 했고요. 삶과 죽음이라는 큼지막하기만 한 관념적인 단어가 어느 누군가에게는 온전히 생존적인 의미로서만 작용하게 되기도 해요. 그 위에 말을 얹고 의미를 얹는 것이 죄스럽게 느껴질 정도로 말이에요. 그때 준이라는 캐릭터를 그려보기 시작했던 것 같아요. 죽음을 통제할 수 있다는 착각은 다시 말하면 삶의 구체적인 과정과 방식이 예정대로 흘러갈 것이라는 착각과도 같은 말이잖아요. 인생이 계획대로 오류 없이 효율적으로 진행될 거라는 착각. 그렇기에 한 번이라도 발을 잘못 딛거나 스텝이 엉키면 그 길로 인생이 무너지고 말 거라는 착각. 어쩌면 준이에게 그 말을 해주고 싶었던 건지도 모르겠습니다. 통제 불가한 상황들이 도처에 도사리고 있는 것이 삶이라고, 그걸 끝내 모른 척하는 것이 꼭 능사는 아닐 것이라고. 실은 저한테 하는 말이기도 해요. 저 역시 준이처럼 머뭇거리고 도망쳐보기도 했었으니까요. 용기를 가지길 바랐습니다. 잘 감당할 수 있는 용기. 이겨내는 것과 버텨보는 것은 같은 모양처럼 보이지만 실은 무척 다른 태도라고 생각해요. 이겨내지 못할 수도 있으니까요. 그리고 인생의 모든 사건을 행운과 불행으로 나누고, 극복의 관점에서 해결하려는 것도 불편하고요. 그 맥락에서 저는 결과 값에 대한 낙관이나 희망이 아니라, 그저 용기를 이야기하고 싶었습니다. 비록 감당하지 못할 만큼 어려운 일이 닥친다 해도, 그 일을 일단은 맞닥뜨릴 수 있는 용기 말이에요.

Q. 그럼에도 불구하고 개인의 문제를 사회와 떼어놓을 수는 없습니다. 이 작품에서는 돌봄에 관한 문제가 그렇죠. 부모가 되어 자식을 돌보는 것, 가족 구성원이 늙고 병들었을 때 그를 책임지는 것도 개인이 책임져야 하는 구조고요. 게다가 그 돌봄의 무게는 주로 여성 개인에게 더 무겁게 다가옵니다. 준이의 할머니가 요양병원에 입원했을 때, 자식들은 각자 자신의 가족을 돌보느라 자주 찾아뵙지는 못해요. 엄마에게는 남매가 있지만 돌봄과 간병에 대한 묘사는 자매들의 소식을 전할 때 더 빈번히 등장합니다.

예를 들어 큰외숙모가 수술을 했지만 큰삼촌이 그를 돌보는 모습에 대해서는 쓰이지 않았고, 반면 큰이모와 엄마는 남편을 간병하느라 지쳤다고 서술되는 식으로요.

준이 엄마의 대사 "웬걸, 병자는 저 양반이
아니라 이모 같지 않니? 갈수록 살이 쭉쭉
빠지는 게 수상해(41쪽)"에서 두드러진다고
느꼈고요.

준이가 "만일 자신이 생기지 않았다면
엄마가 또 다른 선택과 결정을 할 수 있었을
거"라고, "엄마의 인생에 더 나은 옵션이
있었을지도 모른다(39쪽)"고 생각한 것은,
그러니까 아빠가 아니라 엄마의 삶만을
그렇게 받아들인 데에도 이런 상황이 영향을
미쳤을 것 같습니다. 작가님이 갖고 계신
돌봄에 대한 의견 또는 문제의식이 궁금해요.

A. 돌봄, 그중에서도 특히 고령자 돌봄에
대한 사회적 논의나 연구가 앞으로도 점차
심화되겠지만, 아직은 돌봄을 받는 당사자와
돌봄을 하는 주체 모두 가족 내 구성원인

경우가 많지요. 돌봄을 수행하는 주체는
대체로 여성인 경우가 많고요. 생명을
출산하고 양육을 담당하던 여성이 고스란히
고령자 돌봄에 전적으로 기여하는 경향이
있음에도, 가족을 돌보는 역할을 노동으로
간주하지 않는 것이 현실이에요. 임금을
주고 서비스를 구매하지 않으면 반드시
집안의 누군가가 할 수밖에 없는 일이라는
걸 알면서도요. 가사와 양육, 돌봄과 같은
부불노동에 대해 계속 목소리를 낼 수밖에
없는 이유는 이러한 노동이 애정과 사랑을
바탕으로 한 전통적인 가족주의에 기대어
희생을 강요하게 되기 때문이에요. 돌봄
노동을 특히 젠더적 관점으로 보아야 하는
이유 역시 희생을 강요당하는 대상이
한쪽으로 치우쳐 있기 때문이고요. 돌봄과
관련한 책을 살피다가 아리스토텔레스가 돌봄

노동을 노예 노동과 동일시했다는 걸 알게
되었어요.* 돌봄과 같은 육체적 노동을 여자나
노예에게 강제했다고요. 기원전 이들에게도
돌봄은 골칫거리였고, 일등 시민이자
정치적 결정을 하는 이들에게는 비생산적인
노동이었던 거예요. 그러나 실제로 이 문제에
당면하게 되면 그 역할을 수행하지 않을 수가
없어요. 가족이라는 틀 안에서 작동되는 여러
정서적인 기제들이 자의 반 타의 반 돌봄을
강제하게 되기도 하고요.

소설 속 준이의 큰이모부도 마찬가지예요.
아프고 병든 자신의 수발을 들어주느라
꼼짝도 못 하는 아내가 보든지 말든지
아랑곳하지 않고 술을 마시잖아요. 아내에게

● 우에노 지즈코, 조승미·이혜진·공영주 옮김, 《돌봄의 사회학》, 오월의봄, 2024, 89쪽

짜증을 내고 칭얼거리는 걸 대수롭지 않게 생각하는 큰이모부 같은 인간을 가족이라는 이유로 참아내고 간병해야 하는 게 얼마나 끔찍한가요. 돌봄 노동이 사랑과 애정을 근간으로 한 상호 행위라면 큰이모는 왜 간병을 그만둘 수 없는 걸까요? 부부가 아닌 부모를 돌본다 해도 선뜻 대답이 어려운 질문이에요. 돌봄을 받는 당사자가 전혀 착취할 의도가 없었음에도, 돌봄은 때때로 불합리한 노동에 가깝게 느껴지기도 해요. 그럼에도 선뜻 외주를 택하기에는 윤리적인 고민과 정서적인 충돌이 있기 마련이고요. 소설 속 외할머니가 요양 병원에 있는 동안 자식들 역시 그들 나름의 문제에 매여 있어요. 아마도 고령화가 더 진행될수록 부모와 자식 간에 이런 문제들이 더 많아질 거로 생각해요. 병든 자식과 죽지 않은 노부모. 서로를 돌볼

수 없는 상황에서 외주로 간병을 맡기는
일이 더 잦아질 테고, 지불 능력에 따라 삶의
전반적인 환경이 천차만별로 달라지겠죠.
돈이 부족하다면 가족 구성원들이 자기
삶을 포기하면서까지 임금 없는 노동을 계속
해내야만 할 테고요.

　　이 소설은 가족 내 돌봄 노동을
본격적으로 문제 제기하고자 하는 소설은
아니에요. 그게 중심이 되는 서사도 아니고요.
다만 가족 이야기를 담고 있는 소설이기에
이러한 장면들이 꼭 필요했어요. 언제나
가족 중 누군가는 다른 누군가를 돌보고
있어요. 그게 아이가 될 수도, 노령의 부모가
될 수도, 아프거나 다친 가족 구성원이
될 수도 있겠죠. 소설에서 엄마가 자신의
아버지를 돌보다가 떠나보내고, 막내 이모가
자식들이 성인이 될 때까지 잘 보듬고 있다가

보호자 생활을 청산하겠다는 선언과 함께
홀로 제주로 내려가고, 아버지가 죽고 난 뒤
준이가 사망신고를 하며 서류를 정리하기도
하잖아요. 돌보고 돌봄을 받으며 얽혀 있는
관계 안의 여러 양상 중에서, 특히 아내이자
엄마가 된 여성들이 어떤 입장에 처하게
되는지를 좀 더 말하고 싶었던 것 같아요.
질문에도 써주신 것처럼 준이가 선우와의
결혼을 망설이면서 근거처럼 붙들고 있는
엄마에 대한 생각 역시 그간 엄마의 희생을
누구보다도 잘 알기 때문이지 않을까 싶어요.
엄마는 준이에게 "똑똑하니까 나보단 잘
살 거"라고 얘기하지만(38쪽), 가족 내에서
발생하는 여러 일들—이를테면 출산과 양육
같은—한 생명을 위한 전적인 돌봄 상태에
봉착했을 때, 과연 엄마의 말처럼 똑똑하게
헤쳐나갈 수 있을까. 그게 과연 똑똑하게

대처할 수 있는 일일까. 아마도 준이는 그런 고민을 하지 않았을까 싶고, 그렇기에 어떤 결정들 앞에서 자주 도망쳤던 게 아닐까 싶어요. 겪어보지 않았지만, 엄마의 삶을 통해 들여다보았으니까요. 마치 예습이라도 한 것처럼. 그러나 실은 준이가 직접 풀어본 적은 없었잖아요. 실제로 아이를 낳고 기르면서 전혀 몰랐던 것들을 감각하게 되고, 한 번도 느껴본 적 없는 감정들을 느끼게도 될 텐데, 준이는 그 선택지를 미리 차단해버리고 싶어 하죠. 저는 준이에게 그러지 않아도 된다고 말해주고 싶었던 것 같아요. 돌봄에 관한 이야기가 더 많이 계속해서 나와야 한다고 생각하는 이유이기도 해요. 그래야 뭔가가 조금이나마 달라질 수 있으니까요. 그래서 준이처럼 지레 겁먹지 않고, 자기 삶에 놓인 여러 선택지를 자유로이 떠다니기를 바라요.

다음 세대들에게, 특히 어린 여자아이들에게 해줄 수 있는 건 그런 게 아닐까 싶어요. 오늘의 우리가 앞장서서 할 수 있는 말을 하는 것. 그렇게라도 해서 우리가 원하는 방향으로 아주 조금씩 각도를 옮겨보는 것. 제가 몇백 년 전, 몇십 년 전에 쓰인 여성 작가들의 글을 읽고 자란 것처럼요.

Q. 《다다른 날들》이라는 제목은 어떻게 쓰였는지 궁금합니다. 준이는 준비되지 않은 채 맞았다가 역시 예고 없이 떠나보낸 아이와 이별하는 데 다다르기도 하고, 엄마의 결혼이 나쁘기만 한 선택은 아니었음을 받아들이는 데 다다르고, 그런 뜻하지 않은 별일들에 겁먹지 않아도 된다는 것을 깨달으며 선우와 "진짜 얘기(84쪽)"를 할 수 있는 날에 다다르지요. 작가님께도 다다르고 싶은 곳, 다다르고 싶은 날이 있으신가요?

A. 원래 초고 제목은 〈선몽과 예감〉이었어요. 원고를 다 써 내려갈 때까지 제목을 바꾸지 않았는데, 늘 초고를 보여주는 친구에게 제목을 당장 바꾸라는 피드백을 받기도 했죠. 소설의 분위기와도 동떨어진 데다가, 이야기와도 맞지 않는

제목이라고요. 가제로 붙여놓은 거라 저도
그렇게 애정이 크진 않았지만, 초고를 쓴
기간이 제법 길어져서 몇 달간 익숙해진
탓에 다른 제목이 생각이 나질 않았어요.
편집자 선생님께도 제목 짓는 데 시간이 좀
걸릴 것 같다며 양해를 구하기도 했고요.
그렇게 제목 없이 퇴고를 하게 되었어요. 늘
그렇듯 자르고 이어 붙이고 배치를 바꾸기도
하면서 머릿속 무형의 진창을 헤매고
있었는데, 문득 오래전에 보았던 영화 한
편이 떠올랐어요. 미아 한센 러브 감독의
〈다가오는 것들〉(2016)이었어요. 좋아하는
영화였고, 제가 좋아하는 이자벨 위페르가
나와서도 무척 좋았는데, 그보다 더 좋았던 건
제목이었어요. 영어 제목인 'Things to Come'을
한국 제목도 그대로 따랐더라고요. 영화를
보고 나선 한동안 이 제목에 매혹됐었어요.

갑작스레 생각난 그 제목을 붙들고 이런
제목이면 좋겠다 하면서 곰곰 고민을 하다가,
문득 소설 속 준이는 다가오는 것들을
기다리는 입장이 아니라, 이미 그것들을
지나 보내고 어딘가로 건너간 상태라는
생각이 들었어요. 일련의 사건들이 썰물처럼
빠져나가고 난 뒤, 홀로 밀물에 실려 외딴
해변에 다다른 준이의 모습이 그려졌어요.
그렇게 제목을 완성하게 되었습니다.

　　저는 늘 어딘가에 다다르고 싶어 하는 것
같아요. 장소라기보다는 다다르는 그 상태에
놓이고 싶은 것 같아요. 들뜨지 않고, 꺾이지
않고, 잘 안착한 상태랄까요. 그 다다름이
높은 곳이거나 근사한 곳이지 않아도 돼요.
예전에는 제가 삶에서 벌어진 크고 작은
사건들을 힘차게 뚫으며 앞으로 나아간다고
생각했어요. 그런데 요즘에는 여러 일들이

나를 잘 통과하게 놔두려고 해요. 나는
그대로 있고, 여러 사건들이 내게 다가왔다가
지나가는 것이라고. '겪음'에 대한 태도가
많이 달라지게 되었어요. 이 소설을 쓰는 동안
특히 더 그랬습니다. 앞서 말했지만, 저는
죽는다는 것에 대한 공포가 심했어요. 가끔
너무 깊이 생각하다 보면 숨이 안 쉬어지고
손이 벌벌 떨릴 지경까지 이를 정도로, 내가
죽고 사라지고 없어지는 것에 대한 극심한
두려움이 있었죠. 그러나 이제는 죽으면
만나게 될 이들이 먼저 그곳에 가 있다는 것이
위안이 돼요. 정말 신기하게도 말이에요. 더
이상 죽음이 그다지 무섭지 않고, 사랑하는
누군가를 떠나보낸다는 게 그렇게 슬프기만
한 일도 아니라는 걸 알게 되었습니다. 저는
지금 이런 상태에 다다라 있습니다. 어쩜
지금은 모든 일에 약간은 초연한 척하곤

있지만, 언젠가 또 사사로운 일들에 사로잡혀 있을 수도 있겠죠. 그럼에도 제가 이 소설을 쓰는 동안 겪었던 일들과 이를 다시 소설로 풀어내면서 갈무리한 감정들을 오래 기억할 듯해요. 늘 그렇듯 소설 쓰기는 언제나 저를 예상치 못한 곳으로 다다르게 하거든요.

아마도 얼마간은 이곳에 있을 것 같습니다.

한 조각의 문학, 위픽 wefic

이서수 《첫사랑이 언니에게 남긴 것》
이경희 《매듭 정리》
송경아 《무지개나래 반려동물 납골당》
현호정 《삼색도》
김 현 《고유한 형태》
이민진 《무칭》
김이환 《더 나은 인간》
안 담 《소녀는 따로 자란다》
조현아 《밥줄광대놀음》
김효인 《새로고침》
전혜진 《고르디우스의 매듭을 자르면》
김청귤 《제습기 다이어트》
최의택 《논터널링》
김유담 《스페이스 M》
전삼혜 《나름에게 가는 길》
최진영 《오로라》
이혁진 《단단하고 녹슬지 않는》
강화길 《영희와 제임스》
이문영 《루카스》
현찬양 《인현왕후의 회빙환을 위하여》
차현지 《다다른 날들》
김성중 《두더지 인간》

위픽은 위즈덤하우스의 단편소설 시리즈입니다.
'단 한 편의 이야기'를 깊게 호흡하는
특별한 경험을 선사합니다.

이 작은 조각이 당신의 세계를 넓혀줄
새로운 한 조각이 되기를.
작은 조각 하나하나가 모여
당신의 이야기가 되기를.

당신의 가슴에 깊이 새겨질
한 조각의 문학, 위픽

위픽 뉴스레터 구독하기
인스타그램 @wefic_book

- 54

다다른 날들

초판 1쇄 인쇄 2024년 6월 21일
초판 1쇄 발행 2024년 7월 10일

지은이 차현지
펴낸이 최순영

출판2 본부장 박태근
스토리 독자 팀장 김소연
편집 곽선희 김해지 이은정 조은혜
디자인 이세호

펴낸곳 ㈜위즈덤하우스 **출판등록** 2000년 5월 23일 제13-1071호
주소 서울특별시 마포구 양화로 19 합정오피스빌딩 17층
전화 02) 2179-5600 **홈페이지** www.wisdomhouse.co.kr

ⓒ 차현지, 2024

ISBN 979-11-7171-704-0 04810
       979-11-6812-700-5 (세트)

값 13,000원